套国学经典普及读本,虽然不必正襟危坐,也更不必像备考那样一字一句锱铢必较,但保持一种敬重的心态是完全必要的。

　　期待读者诸君喜欢这套书,期待读者诸君与这套书成为形影相随的朋友。

陈文新

（教育部长江学者特聘教授，武汉大学杰出教授）

  《随园诗话》是清代文学理论著作，袁枚著。袁枚（1716—1797），字子才，号简斋，一号存斋，世称随园先生，晚年自号仓山居士、随园老人，浙江钱塘（今浙江杭州）人。乾隆四年（1739）进士，选翰林院庶吉士，乾隆七年（1742）外放，历官溧水、江浦、沭阳、江宁等地知县。乾隆十三年（1748），年33岁即辞官，卜居于江宁小仓山之随园，除乾隆十七年（1752）曾官陕西一年外，不再出仕，以诗文名于世。他交游甚广，为当时诗坛所宗仰者近50年。著述甚丰，有《小仓山房诗文集》80余卷，诗话、尺牍、说部共30余种，影响很大。随园，在江宁（今江苏南京）小仓山，是袁枚辞官后所筑别墅名。袁枚的诗话即撰写于此，故名《随园诗话》。

  在袁枚之前，清初最负盛名的诗人是王士禛，以"神韵"作为论诗、选诗和创作的最高境界。与袁枚同时而稍前的另一位著名诗人是沈德潜，他提出"温柔敦厚"的主张，讲诗格、诗体，重比兴、蕴蓄，提倡论法、学古。袁枚的诗论基于这两人，并持不同见解。他对于"神韵"说不一定持相反的态度，而是把它纳入自己的理论系统之中，认为"神韵"不过是诗中的一格，作诗不必首首如此，也不可不知道这种境界。但对于"温柔敦厚"的说法，尤其是格调的说法却针锋相对。

  他论诗力倡性灵说，《随园诗话》集中体现了这一主张。所谓"性灵"，就是不必讲境界的大小，格调的高低，只要能自然地风趣地反映诗人一时的感受，就同样都是好诗。他认为："自三百篇至今日，凡诗之传者，都是性灵，不关堆垛。”在袁枚的理论体系中，性灵大致与性情相等，都是指诗人真情的抒发。他认为："诗人者，不失其赤子之心也。"又说："文以情生，未有无情而有文者。"他甚至把"诗言志"的传统诗教也纳入他的性情之中："千古善言诗者，莫如虞舜，教夔典乐曰：'诗言志。'言诗之必本乎性情也。"

他论诗虽重天分，却不废工力；虽尚自然，却不废雕饰。他认为：内容与形式，天分与学力，自然与雕饰，平淡与精深，学古与师心，都是相反相成的，诗人都应该兼收并蓄，不偏不倚地去对待。以"人工"济"天巧"，仍然是十分需要的，认为"诗难其雅也，有学问而后雅，否则俚鄙率意也"。

袁枚也重视灵感的产生，强调兴会。他说："改诗难于作诗，何也？作诗兴会所至，容易成篇。"又说："《荀子》曰：'人有失针者，寻之不得，忽而得之，非目加明也，眸而得之也。'所谓'眸'者，偶睨及之也。唐人句云'尽日觅不得，有时还自来'即'眸而得之'之谓也。"这些理论，对以后的诗坛产生了很大影响。

他反对人们动辄打着"盛唐"的招牌、扛起"杜、韩"的家数。诗话中一再驳斥"宗盛唐"、"学七子"、"分唐宋"、"讲家数"等说法，一再反对模仿古人。但他在反对模仿、抄袭的同时，并不反对学习古人。他的诗话中，常常举李、杜、韩、苏四家和中晚唐、宋、元名家作为学习的对象，并具体指出：古风须学前者，近体须学后者。

《随园诗话》除论诗外，还采录了大量同时期诗作者的诗歌创作。"门户须宽，采取须严"是他录诗的原则。

《随园诗话》问世以后，毁誉均有，近世对于《随园诗话》的评价也有分歧，或斥之为唯心主义、形式主义，但随着时间的推移，人们已逐渐认识到它的价值，肯定了它在古代文论中的重要地位。由于作者所处的时代和认识上的局限，书中也存在着一些消极的东西，如对权贵的吹捧，对神鬼、迷信、色情的描述，对农民起义领袖、邻邦、少数民族的蔑视，对此应予以批判。

　　该注译本是原著的摘录本，原著有诗话 16 卷 1363 篇，补遗 10 卷 654 篇，每一篇并无标题。此处只选择反映其诗论精髓的多篇，另选了一些趣闻、轶事、妙诗，并为所选篇目加上了标题，作了翻译，还对一些疑难字词进行了注释。本书在校理过程中，参考了陕西旅游出版社校注本、远方出版社校注本、人民文学出版社校点本、时代文艺出版社校注本，特此说明致谢。由于译者水平所限，错误之处在所难免，敬请读者指正。

目录

卷 四

卷 五

卷　六

卷　七

卷 八

卷 九

卷 十

卷十六

随园诗话补遗

随园诗话

目录

卷

一

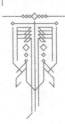

一、诗言志

古英雄未遇时，都无大志，非止邓禹希文学，马武望督邮也。晋文公有妻有马，不肯去齐。光武贫时，与李通讼逋①租于严尤。尤奇而目之。光武归谓李通曰："严公宁②目君耶？"窥其意，以得严君一盼为荣。韩蕲王为小卒时，相士言其日后封王。韩大怒，以为侮己，奋拳殴之。都是一般见解。鄂西林相公《辛丑元日》云："揽镜人将老，开门草未生。"《咏怀》云："看来四十犹如此，便到百年已可知。"皆作郎中时诗也。玩其词，若不料此后之出将入相者。及其为七省经略，《在金中丞席上》云："问心都是酬恩客，屈指谁为济世才？"《登甲秀楼》绝句云："炊烟卓午散轻丝，十万人家饭熟时。问讯何年招济火？斜阳满树武乡祠。"居然以武侯自命：皆与未得志时气象迥异。张桐城相公则自翰林至作首相，诗皆一格。最清妙者："柳荫春水曲，花外暮山多。""叶底花开人不见，一双蝴蝶已先知。""临水种花知有意，一枝化作两枝看。"《扈跸》云："谁怜七十龙钟叟，骑马踏冰星满天。"《和皇上风筝》云："九霄日近增华色，四野风多仗宝绳。"押"绳"字韵，寄托遥深。

【注释】

① 逋：拖欠，拖延。

② 宁：审视。

【译文】

古代英雄在没有找到用武之地时，大都没有立下远大的志向。这样的例子很多，如邓禹只通过文学来寄托希望，马武只希望做一名小小的督邮官。晋文公因有妻室和马匹，不愿意离开齐国。光武帝在落魄时，和李通因为拖税的事情到严尤处打官司。严尤因感到奇怪就盯着他看了几眼，光武帝回去后对李通说："严公盯着你看了吗？"他的言下之意是，被严尤注视是一件荣幸的事情。韩蕲王还是无名小卒时，看相的人断定他日后必定被封王。韩大怒，认为看相之人是在讥讽自己，于是挥拳相向。以上这些人都表现了一个特点，即没有料到自己日后会有所作为。鄂西林相公曾在《辛丑元日》中写过这样的句子："拿着镜子看自己快要老了，打开门却看到春草还未长出。"他还在《咏怀》中说道："看来四十岁就已经这样了，那么老到百岁的样子也可以推知了。"这都是他做郎中时所作的诗。品味这些诗词，怎么也不会料到他日后将出将入相。他做了七省经略后，《在金中丞席上》说："扪心自问，我们都很幸运地被提拔，屈指算一算，又有谁是真正的济世奇才呢？"他还在《登甲秀楼》绝句中说道："袅袅炊烟像千条轻丝飘浮在中午的天空，此时正是千家万户饭香菜熟之时。请问哪年哪月会招来济世救民的火焰？只见武侯旧祠被树缝中透来的夕阳照得金黄一片。"他居然以武侯自比，与没有得志时的气象迥然不同了。张桐城相公则不然，他从做翰林一直到做宰相，所作诗歌都是一个风格。他最清秀的诗句有："柳荫下的一湾春水曲曲折折地流淌，重重叠叠的山峦旁百花竞相开放。""叶子底下开的花，人虽然看不见，一双蝴蝶却早已知道了。""在溪边种花就会知道其中的意境，水中映花，一枝便化作两枝了。"他在《扈跸》上讲："似乎让人怜悯的龙钟老头，却能趁着满天星斗骑马踏冰。"在他的《和皇上风筝》中又讲道："风筝在九霄上空飞行，靠日光的照射而绚烂多彩，四面虽有旷野之风的吹拂，风筝却倚仗绳子的稳定作用而逍遥自在。"此处押"绳"字韵，寄托了内心远大的理想和抱负。

二、诗在骨不在格

杨诚斋曰："从来天分低拙之人，好谈格调，而不解风趣。何也？格调是空架子，有腔口易描；风趣专写性灵，非天才不办。"余深爱其言。须知有性情，便有格律，格律不在性情外。《三百篇》半是劳人思妇率意言情之事，谁为之格？谁为之律？而今之谈格调者，能出其范围否？况皋、禹之歌，不同乎《三百篇》；《国风》之格，不同乎《雅》《颂》：格岂有一定哉？许浑云："吟诗好似成仙骨，骨里无诗莫浪吟。"诗在骨不在格也。

【译文】

杨诚斋说："古往今来，天分低拙的人，大都喜欢谈论诗歌的格调，而不懂得其中的风情趣味。为什么会这样呢？因为格调只是空架子，只要有嘴就能描绘出来；而风趣专门描写性灵，不是天才就办不到。"我十分喜欢这段话。要知道，有了性情就有了格律，格律不会出于性情之外。《三百篇》中有一半是劳动者及思妇直率言情的，有谁为他们定过格式呢？又有谁为他们定过韵律呢？而现在谈格调的，能超出这个范围吗？况且，皋、禹时代的歌谣与《三百篇》不同；《国风》的风格与《雅》《颂》不同。难道风格是可以用一定的规矩来制约的吗？许浑说过："吟诗好比求道成仙，骨子里没有诗根就不要乱吟。"可见，诗歌的可贵之处在于风骨，不在于格调。

三、存是去非

前明门户之习，不止朝廷也，于诗亦然。当其盛时，高、杨、张、徐，各自成家，毫无门户。一传而为七子；再传而为钟、谭，为公安；又再传而为虞山。率皆攻排诋呵，自树一帜，殊可笑也。凡人各有得力处，各有乖谬处，总要平心静气，存其是而去其非。试思七子、钟、谭，若无当日之盛名，则虞山选《列朝诗》时，方将搜索于荒村寂寞之乡，得半句片言以传其人矣。敌必当王，射先中马，皆好名者之累也！

【译文】

明朝的门户观念，不只是在朝廷上有，在作诗方面也有这样的表现。当明诗处于鼎盛时期，高、杨、张、徐各成一家，却毫无门户观念。然而自他们之后，从明七子始，再到后来的钟、谭及公安派，以及后来的虞山派，他们都互相攻击诋毁，打出各自的旗帜，真是十分可笑。每个人都有自己的长处，也都有自己的缺点，因此应平心静气，保留正确的而去掉错误的。试想明七子、钟、谭，假如没有当时的盛名，那么虞山选录《列朝诗》时，必将从荒村野岭那无人知晓的地方搜集，只不过搜得只言片语传给后人罢了。攻敌一定要先擒王，射人一定要先射马。批评人就要切中其要害，而门户观念只不过是喜好名声的人的牵累罢了。

四、政简刑清

乾隆丙辰，余二十一岁，起居叔父于广西。抚军金震方先生一见有国士之目，特疏荐博学宏词。首叙年齿，再夸文学，并云："臣朝夕观其为人，性情恬淡，举止安详。国家应运生才，必为大成之器。"一时司道争来探问。公每见属吏，谈公事外，必及余之某诗某句，津津道之，并及其容止动作。余在屏后闻之窃喜。探公见客，必随而窃听焉。呈七排一首，有句云："万里阙前修荐表，百官座上叹文章。"盖实事也。公有诗集数卷，殁后无从编辑，仅记其《答幕友祝寿》云："浮生虚逐黄云度，高士群歌《白雪》来。"《题八桂堂》云："尽日天香生画戟，有时鹤舞到匡床。"想见抚粤九年，政简刑清光景。

【译文】

乾隆丙辰年间，我二十一岁，到广西去看望叔父。抚军金震方先生一见到我，就把我看作国家的栋梁之材，并特别推荐我入博学鸿词科。他首先问了我的年龄，然后夸我的文才学识，并说："我早晚观察，他为人性情恬淡，举止安详。国家应运生才，他一定会成大器。"一时间司道争相前来探问。先生每次见自己的部下，谈完公事，必定谈到我的某首诗某句话，津津乐道，说时还带有表情和动作。我在屏风之后听了暗暗高兴。一得知金公有客人来，我必暗暗跟随到后边偷听。我曾呈给他一首七律，其中有句说道："在万里边关还要写推荐别人的表文，在百官座上夸赞别人的文章。"这都是事实。金公有好几卷诗集，死后却没有人编辑，我仅记得他的一首《答幕友祝寿》说："一生飘浮像云一样地虚度过去，交往的高士一起高唱《白雪》歌。"《题八桂堂》说："满天都是香味，在我摆放画戟的屋里，有时会梦见仙鹤在枕边跳舞。"从这里可以想象出金公在广西做官的九年，其政治简练、刑法清明的景象。

五、切勿抄袭

古无类书，无志书，又无字汇，故《三都》《两京》赋，言木则若干，言鸟则若干，必待搜辑群书，广采风土，然后成文。果能才藻富艳，便倾动一时。洛阳所以纸贵者，直是家置一本，当类书、郡志读耳。故成之亦须十年、五年。今类书、字汇，无所不备。使左思生于今日，必不作此种赋。即作之，不过翻摘故纸，一二日可成。而抄诵之者，亦无有也。今人作诗赋，而好用杂事僻韵，以多为贵者，误矣！

【译文】

古代没有类书，没有志书，也没有字典，因此在《三都赋》《两京赋》中，谈到树木就有若干，谈到飞鸟就有若干，一定要等到遍查群书，广泛采集风土人情，然后才能写成文章。如果能够达到才情丰富，辞藻华美，便会引起众人钦美，轰动一时。左思所著《三都赋》，之所以能够洛阳纸贵，只是因为家中购置这么一本书，便可当作类书、郡志来读罢了。所以写成这么一本书也就需要个十年八载。现今的类书、字典，都非常齐全，假使左思出生在今天，一定不会作出这种辞赋。即使作了，也不过是从故纸堆中翻录摘抄，一两天就可写成。而将它抄录下来背诵的人，也不会有。现在的人作诗写赋，喜欢运用繁杂琐事及冷僻险韵，认为篇幅越多越好，这其实是一种误区。

卷
二

六、名未必副实

古称状元，不必殿试第一名。唐郑谷登第后，《宿平康里》诗曰："好是五更残酒醒，耳边闻唤状元声。"按：谷登赵昌翰榜，名次第八，非第一也。周必大有《回姚状元颖启》《回第二人叶状元适启》。当时新进士，皆得称状元。惟南汉状元不可作。《十国春秋》载："刘龑定例，作状元者，必先受宫刑。"罗履先《南汉宫词》云："莫怪官人夸对食，尚衣多半状元郎。"古称探花，不必第三名。《天中记》："唐进士杏园初会，使少俊二人探花游园，若他人先折名花，则二人被罚。"蔡宽夫《诗话》云："故事，进士朝集，择年少者为探花使。"是探花者，年少进士之职，非必第三名也。进士帽上多插花。太宗曰："寇准少年，正插花饮酒时。"温公性严重，不肯插花。或曰："君恩也。"乃插一枝。大概以年少者为贵。某《及第》诗曰："人老簪花不自羞，花应羞上老人头。醉归扶杖人多笑，十里珠帘半下钩。"或又曰："平康过尽无人问，留得宫花醒后看。"皆伤老之词。熙宁间，余中请禁探花，以为伤风化，遂停此例。后中以赃败，人咸鄙之。王弇洲曰："禁探花之说，譬如新妇入门，不许妆饰，便教绩麻、造饭，理非不是也，而事太早矣。"余按李焘《长编》载："陈若拙中进士第三名，以貌陋，人称瞎榜。"盖宋以第三名为榜眼，亦探花不必第三名之证。

【译文】

在古代，被称为状元的人，不一定是殿试中取得第一名的人。唐代的郑谷考中后，在《宿平康里》诗中讲："恰好在五更时分从酒醉中醒来，就听到有人在耳边喊我为状元的声音。"而据记载，郑谷登赵昌翰榜，名次是第八，并不是第一。周必大写了《回姚状元颖启》《回第二人叶状元适启》。里面说到，当时的新科进士都可以称为状元。只有南汉状元不是这样。《十国春秋》中记载："刘龑定下规矩，做状元的人，必须先接受宫刑。"罗履先在《南汉宫词》中说道："不必惊讶宫人都爱夸耀自己的同伴，这些人中有许多都是状元郎。"古代被称作探花的，也不一定就是第三名。《天中记》一书中说："唐代的进士初次在杏园中相会，先派两个年轻人在花园里找寻名花，如果名花被别的人先折了，那么这两人要受到处罚。"蔡宽夫在《诗话》里说："过去进士入朝时，选择年纪轻的为探花使者。"如此看来，被称作探花的，是指年少进士，不一定是第三名。进士的帽子上大多戴着花。宋太宗说："寇准年轻英俊，正是插花饮酒的好时候。"司马温公性情严谨，不肯插花。有人说："这是皇帝的恩赐。"他才插了一枝。从以上情况看，大概以年轻为贵。有人写《及第》诗说："年纪大的人自己插花不感到羞耻，但花却羞于插到我的头上。喝醉了酒拄着拐杖回家，沿途的人都笑我，纷纷放下珠帘不愿见到我。"又有诗说："平庸走过的岁月没有人过问，留得宫花等酒醒后看。"这些都是伤感老迈的诗。熙宁年间，余中请求禁止探花，认为有伤风化，于是这项定例就被停止了。后来余中因为贪污败落，人们都十分鄙视他。王弇洲说："禁止探花的说法，就像新媳妇过了门，不让打扮，就让她织布做饭，按理说这事不是不对，但为时太早。"我考证过李焘《长编》所载："陈若拙中了进士第三名，因为相貌丑陋，被人称为瞎榜。"大概后来宋朝以第三名为榜眼，这也是探花不一定就是第三名的证据。

七、改诗难于作诗

改诗难于作诗，何也？作诗，兴会所至，容易成篇；改诗，则兴会已过，大局已定，有一二字于心不安，千力万气，求易不得，竟有隔一两月，于无意中得之者。刘彦和所谓"富于万篇，窘于一字"，真甘苦之言。《荀子》曰："人有失针者，寻之不得，忽而得之，非目加明也，眸而得之也。"所谓"眸"者，偶睨及之也。唐人句云："尽日觅不得，有时还自来。"即"眸而得之"之谓也。

【译文】

修改诗歌比创作诗歌还难，为什么呢？作诗时，灵感来了，很容易成文；改诗时，兴情、灵感已失，只是有一二个字觉得不妥，导致心中不安，使尽千力万气，想换一个却不成，有的竟然隔一两个月，才在无意中得以改成。刘彦和说"能够写出一万首诗，却为一个字而感到窘迫"，这真是道出了其中的甘苦啊。《荀子》中说道："有人掉了针，怎么找也找不到，无意之中却忽然找到了，并不是眼睛比以前明亮了，只不过是无意中看到罢了。"所谓"眸"，是指偶然一瞥就找到了的意思。唐代人有句诗说："整天找都找不到，有时候它却自己来了。"这就是说的"眸而得之"的意思。

八、诗贵深意

诗无言外之意，便同嚼蜡。杭州俞苍石秀才《观绳伎》云："一线腾身险复安，往来不厌几回看。笑他着脚宽平者，行路如何尚说难？"又，"云开晚霁终殊旦，菊吐秋芳已负春。"皆有意可思。严冬友壮年不仕；《韦曲看桃花》云："凭君眼力知多少，看到红云尽处无。"

【译文】

诗如果没有言外之意，弦外之音，读来便如同嚼蜡，索然无味。杭州俞苍石秀才在《观绳伎》中说："一条线上腾挪跳跃既惊险又安全，来来往往使人很喜欢看。可笑那些脚长得又宽又长的人，为什么还要说走路难？"又说："夜晚虽然云开雾散，天色晴朗，但毕竟与早上不相同；菊花尽管在秋天吐露芬芳，却辜负了美好的春光。"这些诗句都含有深刻的意义，值得你去思索。严冬友壮年时没有做官，在《韦曲看桃花》一诗中说："任凭你的眼力有多好，但盛开如红云似的桃花你却一眼看不到尽头。"

九、每出必携书

康熙间，曹练亭为江宁织造，每出，拥八骑，必携书一本，观玩不辍。人问："公何好学？"曰："非也。我非地方官，而百姓见我必起立，我心不安，故借此遮目耳。"素与江宁太守陈鹏年不相中。及陈获罪，乃密疏荐陈。人以此重之。其子雪芹撰《红楼梦》一部，备记风月繁华之盛。明我斋读而羡之。当时红楼中有某校书尤艳，我斋题云："病容憔悴胜桃花，午汗潮回热转加。犹恐意中人看出，强言今日较差些。""威仪棣棣若山河，应把风流夺绮罗。不似小家拘束态，笑时偏少默时多。"

【译文】

康熙年间，曹练亭任江宁织造，每次出门，都要动用八匹马，并带上一本书，不停地阅读玩赏。有人问："您为什么如此好学？"他回答说："并不是我好学。我不是地方官，然而百姓却一见我就要起立，我于心不安，因而借此来遮掩耳目。"他平素与江宁太守陈鹏年不合，当陈获罪时，他却秘密上书为他申诉，人们都因此事而敬重他。他的儿子曹雪芹撰写《红楼梦》一部，详细记载了风月繁华的盛况，明我斋读后十分钦美他。当时红楼中有一女子十分美丽，明我斋题诗说："病容憔悴但容貌仍然胜似桃花，中午出汗后更加感到闷热。还担心意中人看出自己身体不适，勉强说今天身体好些了。""庄重的容貌举止像山河一样雍容娴雅，风流体态从衣衫中显露出来了。没有小家碧玉那样的拘束不安的样子，笑的时候较少而默默无语的时候较多。"

一〇、须知慈母是先生

虞山王次山先生峻风骨严峭，馆蒋文肃公家，晚不戒于酒，肆口谩骂。蒋家人群欲殴之。文肃呵禁。次日，待之如初。先生不自安，辞去。余己未会试，出文恪公门下，闻此说而疑之。后读先生《哭文肃公》诗云："回首却伤门下士，少时无赖吐车茵。"方知此事信有；愈征文肃之贤，而先生之不讳过也。先生少所许可，独誉枚不绝于口。以故，枚虽报罢鸿词科，而名声稍起公卿间。惜无所树立，以酬先生之知。而先生自劾罢都御史彭茶陵，直声震天下。后竟卧病不起，悲夫！

博陵尹元孚先生，少孤贫，以母教成名。督学江南，好教人读《小学》，宗程、朱。余时宰江宁，意趣不合。一日，先生骈唱《三山街》，为某大将军家奴所窘，诈称某王遣来。太守不敢诘，予收缚置狱。先生以此见重。适高相国斌有事来江宁，先生面称枚云："才如子建，政如子产。"亡何，先生薨。予感知己之恩，将赋挽诗，见次山先生四章，不能再出其右，遂搁笔焉。其警句云："母教成三徙，君恩厚两朝。"又曰："士幸方知向，天何遽夺公！"

从古文人得功于母教者多，欧、苏其尤著者也。次山题钱修亭《夜纺授经图》曰："辛勤篝火夜灯明，绕膝书声和纺声。手执女工听句读，须知慈母是先生。"

【译文】

虞山王次山先生，名峻，长得风骨奇峻，寄住在蒋文肃公家里。有天晚上，他喝了很多酒，喝醉便肆意谩骂。蒋家的人都忍不住要想打他，被文肃公喝止住了。到了第二天，他待王次山先生仍像往日一样。王次山先生感觉很不好意思，便告辞走了。我那时还未曾参加会试，出入文恪公门下，听说此事，怀疑这是谣传。后读王次山先生写的《哭文肃公》，诗中说："回想过去我伤过您家里的人，那都是少不更事胡说八道。"我这才知道确有此事，便更加钦佩文肃公的贤良，以及次山先生不掩饰自己的过错的胸襟。先生很少夸人，而在夸我的时候赞不绝口。因此，我虽考上了进士，名声在公卿间也稍稍传扬，可惜却没什么大的建树，以报答先生的知遇之恩。而先生自从弹劾罢免了都御史彭茶陵后，名声威震天下。后来竟然卧病不起，实在是可叹啊！

博陵的尹元孚先生，小时候无父家贫，因为母亲的教育而成名。他在江南督学时，喜欢教别人读《小学》，尊崇程、朱。我那时负责江宁事务，和他意趣不合。有一天先生在吟唱诗作《三山街》，被某大将军的家奴所嘲笑。我谎称先生是某王派来的，太守便不敢责问他，还把家奴关进了监狱。先生因为这事而非常看得起我。刚好当时高斌相国来江宁，先生当面称赞我说："才华和曹子建一样，治理政事和子产一样。"不多久，先生便去世了。我感谢他的知遇之恩，准备写几首挽诗，可当看到王次山先生的四章时，觉得自己无法超越他，于是就搁笔不写了。这四章中有名的句子有："母亲的教诲令儿子成名，皇帝的恩泽遍及两代人。"又说："大家都为有这样的名士而庆幸，可苍天为何又夺走了你！"

自古得益于母亲教育的文人有不少，其中尤以欧阳修、苏轼最为典型。王次山先生题钱修亭的《夜纺授经图》中说："晚上辛勤劳作灯火通明，孩子在膝旁读书的声音和着那织布纺线的声音。手里做着活儿听儿子读书，要知道慈母就是先生啊。"

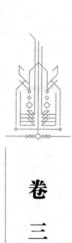

卷
三

一一、诗难事也

夫用兵，危事也；而赵括易言之，此其所以败也。夫诗，难事也；而豁达李老易言之，此其所以陋也。唐子西云："诗初成时，未见可訾处，姑置之。明日取读，则瑕疵百出，乃反复改正之。隔数日取阅，疵累又出，又改正之。如此数四，方敢示人。"此数言，可谓知其难而深造之者也。然有天机一到，断不可改者。余《续诗品》有云："知一重非，进一重境；亦有生金，一铸而定。"

【译文】

用兵打仗是一件危险的事，而赵括却说得很容易，这就是他之所以失败的原因。写诗也是难事，而豁达的李老却说得很容易，这就是他的诗之所以浅陋的原因。唐子西说："诗刚刚写成的时候，没有发现需要修改的地方，姑且把它放到一边。第二天取出来读，就会觉得毛病百出，就反复对它加以改正。隔许多天后再拿出来读，不足之处又出现了，再一次加以改正。这样反复四次，才敢拿出来给别人看。"通过这几句话，就可知写诗的难处而且要有很深的造诣。当然也有灵感一来，不需要修改的。我的《续诗品》中有一句说："知道一重的错误，就进入了新一重的境界；也有天生的纯金，一次就铸定了，根本不用改造。"

一二、不能评第一

人或问余以本朝诗，谁为第一？余转问其人：《三百篇》以何首为第一？其人不能答。余晓之曰：诗如天生花卉，春兰秋菊，各有一时之秀，不容人为轩轾①。音律风趣，能动人心目者，即为佳诗，无所谓第一、第二也。有因其一时偶至而论者，如"不愁明月尽，自有夜珠来"一首，宋居沈上。"文章旧价留鸾掖，桃李新阴在鲤庭"一首，杨汝士压倒元、白是也。有总其全局而论者，如唐以李、杜、韩、白为大家，宋以欧、苏、陆、范为大家，是也。若必专举一人，以覆盖一朝，则牡丹为花王，兰亦为王者之香：人于草木，不能评谁为第一，而况诗乎？

【注释】

① 轩轾：语出《诗经·小雅·六月》："戎车既安，如轾如轩。"车前高后低叫轩，前低后高叫轾。因此比喻高低、优劣。

【译文】

　　有人问我："本朝谁的诗写得最好？"我反问这个人："《三百篇》哪一篇最好？"这人回答不出。我明白地告诉他说："诗歌好像是天然生就的花卉，春天的兰草，秋天的菊花，各自有一时的美丽，不需人为论高低。只要是音律风趣，能打动人心的诗，就是好诗，没有必要分出第一、第二。有就诗人因一时的灵感写成的诗进行评论的，如'不愁明月尽，自有夜珠来'一首，宋之问居于沈佺期之上。'文章旧价留鸾掖，桃李新阴在鲤庭'一首，杨汝士压倒元稹、白居易。有从全局角度来论诗的，如唐朝以李白、杜甫、韩愈和白居易为诗家大家，宋朝以欧阳修、苏轼、陆游和范仲淹为大家。假若必须只列举出一个人，代表一个朝代，那么正如我们评牡丹是花中之王，兰花有花中王者的香气那样：人们对于草木尚且不能评出哪个是第一，更何况是评诗呢？"

一三、诗称家数

王梦楼侍讲云："诗称家数，犹之官称衙门也。衙门自以总督为大，典史为小；然以总督衙门之担水夫，比典史衙门之典史，则亦宁为典史，而不为担水夫。何也？典史虽小，尚属朝廷命官；担水夫、衙门虽尊，与他无涉。今之学杜、韩不成，而矜矜然自以为大家者，不过总督衙门之担水夫耳。"叶横山先生云："好摹仿古人者，窃之似，则优孟衣冠；窃之不似，则画虎类狗。与其假人余焰，妄自称尊，孰若甘作偏裨，自领一队？"

【译文】

王梦楼侍讲说："诗论家数派别，就好比官员论衙门一样。衙门自然数总督最大，典史最小。然而把总督衙门的担水夫与典史衙门的典史相比，人们往往宁愿做典史而不愿做担水夫。为什么呢？典史之职虽然小，仍然属于朝廷命官；而总督衙门的担水夫，他所处的衙门虽然尊贵，却与他没有关系。现在的人学杜甫、韩愈的诗没学会，而自尊自大以为自己是大家，实际上不过是总督衙门的担水夫罢了。"叶横山先生说："喜好模仿古人的人，学得像，是穿着行头装模作样，学得不像，则是画虎不成反类犬。与其借别人的余火，妄自尊大，不如甘心作偏裨小官，独树一帜。"

一四、富贵诗

富贵诗有绝妙者，如唐人："偷得微吟斜倚柱，满衣花露听官莺。"宋人："一院有花春昼永，八荒无事诏书稀。""烛花渐暗人初睡，金鸭无烟却有香。""人散秋千闲挂月，露零蝴蝶冷眠花。""四壁宫花春宴罢，满床牙笏早朝回。"元人："宫娥不识中书令，问是谁家美少年。""袖中笼得朝天笔，画日归来又画眉。"本朝商宝意云："帘外浓云天似墨，九华灯下不知寒。""那能更记春明梦，压鬓浓香侍宴归。"汤西崖少宰云："楼台莺蝶春喧早，歌舞江山月坠迟。"张得天司寇云："愿得红罗千万匹，漫天匝地绣鸳鸯。"皆绝妙也。谁谓"欢娱之言难工"耶？

【译文】

　　反映荣华富贵的诗也有绝妙的，如唐朝人写的："忙里偷闲，斜靠着柱子轻声吟咏，站在花丛中听宫莺的鸣啼，身上沾满了露水。"宋朝人有诗："一个院子里有花，便感觉春天永存，各地平安无事，诏书自然稀少。""烛花渐渐暗下来，人刚刚睡下，金鸭嘴里的香火没有烟，但却散发扑鼻的香气。""人们都散去了，只留下空空的秋千在月光下荡悠着，露水下来了，蝴蝶冷清地睡在花丛中。""四面摆满了宫花，春宴刚刚结束。满床的象牙笏，意味着早朝的官员回来了。"元朝人有诗："宫中侍女不认识中书令，还打听这是谁家的英俊少年。""袖中笼着朝见皇帝用的笔，公事办完回来又给夫人画眉。"本朝商宝意有诗说："帘外的天空浓云密布，好似泼了墨汁一般，站在九华灯下却未感觉到寒冷。""哪里记得春天里的美梦？刚刚陪宴回来，两鬓还残留着酒香。"汤西崖少宰有诗说："只见楼台上有莺在啼叫，有蝴蝶在飞舞，才知道春天已早早来临，歌舞升平的时候月亮也迟迟不肯归去。"张得天司寇有诗说："愿得到千万匹红罗，铺天盖地绣鸳鸯。"以上都是描写富贵繁华的绝妙诗句。谁说"欢娱的话语难以写成工整的诗歌"呢？

崇文国学普及文库

一五、杨花诗

杨花诗最佳者，前辈如查他山云："春如短梦初离影，人在东风正倚栏。"黄石牧云："不宜雨里宜风里，未见开时见落时。"严遂成云："每到月明成大隐，转因云热得伴狂。"薛生白云："飘泊无端疑'白也'，轻盈真欲类'虞兮'。"王菊庄云："不知日暮飞犹急，似爱天晴舞欲狂。"虞东皋云："飘来玉屑缘何软，看到梅花尚觉肥。"意各不同，皆妙境也。近有人以此命题，燕以均云："小院无端点绿苔，问他来处费疑猜。春原不是一家物，花竟偏能离树开。质洁未堪污道路，身轻容易上楼台。随风似怕儿童捉，才扑栏杆又却回。"蔡元春云："沾裳似为衣添絮，扑帽应怜鬓有霜。似我辞家同过客，怜君一去便无归。"李荄云："偶经堕地时还起，直到为萍恨始休。"杨芳灿云："掠水燕迷千点雪，窥窗人隔一重纱。""愿他化作青萍子，傍着鸳鸯过一生。"方正澍云："春尽不堪垂老别，风停亦解步虚行。"钱履青云："风便有时来砚北，月明无影度墙东。"严海珊咏《桃花》云："怪他去后花如许，记得来时路也无。"暗中用典，真乃绝世聪明。

【译文】

杨花诗写得最好的，如前辈中查他山说："春天像短暂的美梦一样刚刚离去，人还在东风中倚着栏杆。"黄石牧说："不适合雨却适合风，不见开的时候只见落的时候。"严遂成说："每到月明的时候就长出一大片，到了白天就顺风飞去。"薛生白说："漂泊无端像是下雪，轻盈的姿态真像虞姬跳舞。"王菊庄说："不知天已黑了还飞得那么着急，像是喜欢这样的晴天而发狂地飞舞。"虞东皋说："飘来的玉屑为什么这样柔软呢？看到梅花还觉得长得十分肥胖。"意思不同，但都描述了一种奇妙的意境。近日有人用杨花为题来征诗，燕以均诗说："杨花无端飞入小院，沾染了这绿色的青苔，想知道它的来处却费尽功夫。春天原来不是一家的东西，花怎么会离开树而依然开放。品质高洁不能污染道路，借着身轻登上楼台。随风而飘似乎怕儿童捉它，才扑向栏杆就又飞回去了。"蔡元春说："沾到衣裳上像为衣服添些花絮，扑到帽子上应该怜惜那满头的白发。像我一样离开家如过客一样，可怜你一去便没了归期。"李蒧写道："偶然落到地上又飞起来，直到做了浮萍恨才罢休。"杨芳灿说："掠水的燕子被这千点'雪花'所迷惑，看窗户外的人就像隔了一层纱。""愿它化作浮萍，伴着鸳鸯度过一生。"方正澍说："春天将尽，不能忍受老时的别离，风一停，才知道空走了那么远。"钱履青说："趁着有风的时候来到我的砚台北面，趁着明亮的月光悄悄地飞过东边的墙头。"严海珊作《桃花》一诗："怪他去后花如许，记得来时路也无？"（前句化用刘禹锡"玄都观里桃千树，尽是刘郎去后栽"两句诗，后句引用陶渊明《桃花源》的典故）暗中用典，真是聪明绝顶。

一六、薄命才女许宜媖

江州进士崔念陵室许宜媖，七岁《玩月》云："一种月团圆，照愁复照欢。欢愁两不着，清影上栏杆。"其父叹曰："是儿清贵，惜福薄耳！"宜媖不得于姑，自缢死。其《春怀》云："无穷事业了裙钗，不律闲拈小遣怀。按曲填词调玉笛，摘诗编谱入牙牌。凄凉夜雨谋生拙，零落春风信命乖。门外艳阳知几许，兼花杂柳鸟喈喈。"《寄外》云："花缸对月相怜夜，恐是前身隔世人。"进士已早知其不祥，解环后，颜色如生。进士哭之云："双鬟双绾娇模样，翻悔从前领略疏。"崔需次京师，又聘女鸾姨为妾。崔故贫士，归来省亲，姨之养父强售之于某千户，姨不从，诡呼千户为爷，而诉以原定崔郎之故，千户义之，不夺其志，仍以归崔。姨生时，母梦凤集于庭。崔赠云："柳如旧皱眉，花比新啼颊，挑灯风雨窗，往事从头说。"

崔有《灌园余事》一集，载宜姨事甚详。陈淑兰女子阅之，赋诗责崔云："可惜江州进士家，灌园难护一枝花。若能才子情如海，争得佳人一念差？""自说从前领略疏，阿谁牵绕好工夫。宜姨此后心宜淡，莫再人间挽鹿车。"呜呼！淑兰吟此诗后十余年，亦缢死，可哀也！然宜姨死于怨姑，淑兰死于殉夫：有泰山鸿毛之别矣。

【译文】

江州进士崔念陵的妻子许宜姨，七岁时作《玩月》诗："一样的圆月，既照忧愁又照欢乐。欢乐与忧愁都看不见，清影便照上了栏杆。"她的父亲感叹说："这孩子清雅高贵，可惜就是福薄。"宜姨不为她的婆婆所容，后来上吊死了。她的《春怀》说："无穷的事业都因身是女子而作罢，作些小诗来遣怀解闷，按曲填词调玉笛，摘取一些诗歌编成集子送到东坊。凄凉夜雨感叹生命艰难，零落春风使我相信命运不幸。门外的艳阳不知有多好，花柳相间中有鸟的鸣叫。"《寄外》说："花缸对着月亮在夜里相互爱怜，恐怕它们前世是没有缘分的有情人。"崔念陵早就猜到她将有此不幸，将她从绳子上解下来时，颜色和活着的时候一样，进士哭着说："看到你两鬓绾成两个发髻娇美的模样，真后悔以前我对你也太疏忽了。"崔进士到京城后，又聘了鸾姨为妾。崔念陵本来是贫苦的人，归来省亲，宜姨被她的养父强行卖给某千户，她不从，用计称千户为老爷，诉说她原来早定给崔进士了，千户十分仁义，不强夺她的志向，仍旧让她嫁给崔进士。宜姨生下来的时候，她母亲梦见有凤凰聚集在庭院里。崔进士赠诗说："柳叶好像你以前的眉毛，花儿好比你的脸颊，在风雨之夜临窗挑灯，往事还得从头说起。"

崔进士有《灌园余事》一本，很详细地记载了宜媖的事迹。女子陈淑兰读了，写诗责怪崔念陵说："可惜江州崔进士家里，偌大的一个灌园还掩护不了一枝花。倘若才子果真是情深似海，佳人又怎会产生那一念之差呢？""说自己从前太疏忽了，可是谁又在其中作怪呢？从此以后宜媖应该想开一些了，因为她不会再在人间受气了。"呜呼！淑兰写此诗十年后，也上吊死了，可哀呀。然而宜媖是因为婆婆而死，淑兰却是为了殉夫，她们俩人有泰山鸿毛的区别啊。

一七、颂不如雅

常宁欧永孝序江宾谷之诗曰："《三百篇》，《颂》不如《雅》，《雅》不如《风》。何也？《雅》《颂》，人籁也，地籁也，多后王、君公、大夫修饰之词。至十五《国风》，则皆劳人、思妇、静女、狡童矢口而成者也。《尚书》曰：'诗言志。'《史记》曰：'诗以达意。'若《国风》者，真可谓之言志而能达矣。"宾谷自序其诗曰："予非存予之诗也，譬之面然，予虽不能如城北徐公之面美，然予宁无面乎？何必作窥观焉？"

【译文】

常宁欧永孝为江宾谷的诗作序说："在《三百篇》中，《颂》不如《雅》，《雅》不如《风》。为什么这么说呢？《雅》《颂》属于人和地发出的声音，大多为后王、君公、大夫矫揉造作、歌功颂德之词。而十五《国风》都是劳动人民、思亲妇人、娴静女子、聪明可爱的牧童脱口而出写成的。《尚书》说：'诗是言志的。'《史记》说：'诗是表达思想的。'像《国风》这样的诗，真正可以说得上是既言志且达意的。"
宾谷为自己的诗作序说："我并不是想保存我的诗，就好比脸面一样，
我虽然没有城北徐公的相貌漂亮，然而我就不能见人了吗？何必暗中
希求呢？"

一八、许太夫人诗

比来闺秀能诗者，以许太夫人为第一。其长嗣佩璜，与余同
征鸿博。读太夫人《绿净轩自寿》云："自分青裙终老妇，滥叨
紫绋①拜乡君。"《元旦》云："剩有湿薪同爆竹，也将红纸写
宜春。"《喜雨》云："愆期休割乖龙耳，破块粗安野老心。不
独清凉宜翠簟②，可知点滴尽黄金。"皆佳句也。夫人为徐清献
公季女，名德音，字淑则。王太仓相公揿出清献之门，其视学浙
江也，遣人告墓。夫人有句云："鱼菽荐羹惟弱女，松楸酹酒③
属门人。"

【注释】

① 绋（fú）：牵引棺柩的绳子，同"绋"。

② 翠簟（diàn）：竹席。

③ 松楸：松树和楸树，是墓地上常种的树，因此指代墓地。酹（lèi）
酒：用酒洒地而祭。

【译文】

近来女子能写诗的，以许太夫人为第一，她的长子佩璜，和我一
同征博学鸿词科。读太夫人的《绿净轩自寿》，上面写道："我明白
自己是应该穿着青裙的老妇人，却反复念叨要用紫绳牵引棺柩回归故
里见乡亲。"《元旦》中写道："剩下些湿柴和爆竹，但也用红纸写

些迎春的话。"《喜雨》中说："长期未下雨不要割乖龙儿的耳朵，雨水浸湿了土地略微安慰了农夫的心。这种清凉不仅使竹席凉爽宜人，可知点点滴滴都是黄金。"以上这些都是好的诗句。夫人是徐清献公的三女儿，名德音，字淑则。王太仓相公出自清献门下，他在浙江担任主管教育的官员，派人到恩师的墓前祭告。夫人有诗说："敬献食物的只有弱小的女儿，在墓地用酒洒地而祭的是以前的门生。"

一九、益友情深

康熙初，吴兆骞汉槎谪戍宁古塔。其友顾贞观华峰馆于纳兰太傅家，寄吴《金缕曲》云："季子平安否？谅绝塞苦寒难受。廿载包胥曾一诺，盼乌头马角终相救。置此札，兄怀袖。词赋从今须少作，留取心魂相守。归日急翻行戍稿，把空名料理传身后。言不尽，观顿首。"太傅之子成容若见之，泣曰："河梁生别之诗，山阳死友之传，得此而三。此事三千六百日中，我当以身任之。"华峰曰："人寿几何？公子乃以十载为期耶？"太傅闻之，竟为道地，而汉槎生入玉门关矣。顾生名忠者，咏其事云："金兰倘使无良友，关塞终当老健儿。"一说：华峰之救吴季子也，太傅方宴客，手臣觥，谓曰："若饮满，为救汉槎。"华峰素不饮，至是一吸而尽。太傅笑曰："余直戏耳！即不饮，余岂遂不救汉槎耶？虽然，何其壮也！"呜呼！公子能文，良朋爱友，太傅怜才：真一时佳话。余常谓：汉槎之《秋笳集》，与陈卧子之《黄门集》，俱能原本七子，而自出精神者。

【译文】

康熙初年，吴兆骞（字汉槎）被贬去戍守宁古塔。他的朋友顾贞观（字华峰）住在纳兰太傅的家中，给吴寄了一首《金缕曲》说："你现在平安吗？我想你戍守边关一定是苦寒难受。二十年前包胥曾答应过，希望鸟会南飞、马会回头，总有一天会得救。我寄给你的这封信，希望你把它放在衣袖中。词赋从今以后要少写，把灵魂留在心间。回来时再整理你在边关上的文稿，抛开一生虚名。言不尽意，顾贞观拜上。"太傅的儿子成容若看见了，哭着说："河梁描写生离死别的诗，山阳为死去的朋友所写的传，也不过如此罢了。这样的事十年之中我会亲眼看到。"华峰说："人的寿命有多长？公子却以十年为期限？"太傅听了，竟为汉槎说情，汉槎才能活着进入玉门关。有个叫顾忠的书生歌咏这件事说："在朋友中如果没有良师益友，就只能在边塞当一个老兵了。"有一个说法：华峰欲救吴季子时，太傅宴请宾客，手拿巨大的酒杯说："谁愿救汉槎，就请满饮了这杯酒。"华峰平素不饮酒，这时却一饮而尽。太傅笑着说："我只是开玩笑罢了，如果你不饮酒难道我就不救汉槎吗？话虽这么说，也足见你的诚心！"唉！汉槎能写文章，华峰珍爱朋友，而太傅怜惜人才，一时传为佳话。我常说："汉槎的《秋笳集》与陈卧子的《黄门集》都师宗七子，但精神独到。"

二〇、诗如言

诗如言也，口齿不清，拉杂万语，愈多愈厌。口齿清矣，又须言之有味，听之可爱，方妙。若村妇絮谈，武夫作闹，无名贵气，又何藉乎？其言有小涉风趣，而嚅嚅然若人病危，不能多语者，实由才薄。

【译文】

　　写诗就像说话，倘若口齿不清，啰啰唆唆，说得越多越让人厌烦。倘若口齿清晰，又必须做到说得有意思，听起来让人高兴，这才真正叫好。如果像村妇的絮语，武夫的闹语，没有文雅之气，又有什么内涵可言呢？他们的话可能也有一些趣味，但像病危之人欲言又止，不能畅所欲言，原因是他们的才情实在是薄弱。

二一、论改诗

　　诗不可不改；不可多改。不改，则心浮；多改，则机窒。要像初拓《黄庭》，刚到恰好处。孔子曰："中庸不可能也。"此境最难。予最爱方扶南《滕王阁》诗云："阁外青山阁下江，阁中无主自开窗。春风欲拓滕王帖，蝴蝶入帘飞一双。"叹为绝调。后见其子某云："翁晚年嫌为少作，删去矣。"予大惊，卒不解其故。桐城吴某告予云："扶南三改《周瑜墓》诗，而愈改愈谬。"其少作云："大帝君臣同骨肉，小乔夫婿是英雄。"可称工矣。中年改云："大帝誓师江水绿，小乔卸甲晚妆红。"已觉牵强。晚年又改云："小乔妆罢胭脂湿，大帝谋成翡翠通。"真乃不成文理！岂非朱子所谓"三则私意起而反惑"哉？扶南与方敏恪公为族兄，敏恪寄信，苦劝其勿改少作，而扶南不从。方知存几句好诗，亦须福分。

【译文】

　　诗写好后不可不修改，也不可多修改。如果不改，则内心浮躁；多改，就失去了灵性。要像最初拓印的《黄庭》，恰到好处。孔子说：

"中庸是做不到的。"要达到这种境界最为困难。我最喜欢方扶南的《滕王阁》："阁外有青山，阁下有江水，阁中无人，窗户却自行打开了。春风吹来拓印滕王帖，蝴蝶双双飞了进来。"我感叹这是绝佳的诗作。后来我遇见他儿子，他对我说："父亲晚年嫌它是年少无知时写成的，于是就把它删了。"我大吃一惊，怎么也不能理解其中的缘故。桐城吴某告诉我说："扶南曾将《周瑜墓》诗修改了三次，但却越改越差。"他年轻时写的是："大帝君臣原是一家，小乔的丈夫是个英雄。"这可称得上对仗工整。中年改作："大帝誓师北伐时正值春天，小乔卸下夫婿的盔甲换上晚妆。"这已让人觉得牵强了。晚年又改诗道："小乔梳妆完毕胭脂还没干，大帝谋略过人就像纯色的翡翠。"真是不成文理！这难道不是朱子所说的"私下里三次回想反而让人迷惑"了吗？扶南与方敏恪公是本家兄弟，敏恪寄信，苦苦劝他不要修改少年时的诗作，但扶南不听。这才知道要保存几句好诗，也是需要有福分的呀。

二二、奇伟与幽俊

诗虽奇伟，而不能揉磨入细，未免粗才。诗虽幽俊，而不能展拓开张，终窘边幅。有作用人，放之则弥六合，收之则敛方寸，巨刃摩天，金针刺绣，一以贯之者也。诸葛躬耕草庐，忽然统师六出；蕲王中兴首将，竟能跨驴西湖；圣人用行舍藏，可伸可屈，于诗亦可一贯。书家：北海如象，不及右军如龙，亦此意耳。余尝规蒋心余云："子气压九州矣；然能大而不能小，能放而不能敛，能刚而不能柔。"心余折服曰："吾今日始得真师。"其虚心如此。

【译文】

如果一个人诗虽然作得奇伟，却不能深入细致，他也免不了是个粗才。如果诗虽然作得幽俊，却不能拓展张开，他也终将受限制。有发挥作用的人，放开充斥在天地之间，缩回则收敛在方寸之间，这与巨刃直上青天、金针刺绣，是同一个道理。诸葛亮在自己的草庐前亲自耕田，转眼又统帅大军征战四方；蕲王是中兴大将，却能骑驴漫游西湖；圣人用则行、不用则藏，能伸能屈，作诗也是同样的道理。书法家中，北海好像大象，赶不上王右军像龙一样，也是这个意思。我曾经规劝蒋心余说："你作诗的气势可以压倒九州，但是能大却不能小，能放却不能收，能刚却不能柔。"蒋心余心服口服地说："我今天才找到一位好老师。"他是如此虚心。

二三、诗境最宽

诗境最宽，有学士大夫读破万卷书，穷老尽气，而不能得其阃奥①者。有妇人女子、村氓浅学，偶有一二句，虽李、杜复生，必为低首者。此诗之所以为大也。作诗者必知此二义，而后能求诗于书中，得诗于书外。

【注释】

① 阃（kǔn）奥：本指室内深处，后用以比喻学问、事理精微深奥的境界。

【译文】

诗歌的境界最宽广，有人学习士大夫，读破万卷书，直到终老断气，也不能领会其中的奥妙。有些女子、村夫学识浅薄，偶尔吟出一两句诗，就是李白、杜甫转世，也一定会为它低头，自叹不如。这就是诗歌意境博大的表现。作诗的人一定要领会其中的深义，然后才能在书中求诗，在书外得诗。

二四、诗亦有理

或云："诗无理语。"予谓不然。《大雅》："于缉熙[①]敬止。""不闻亦式，不谏亦入"：何尝非理语？何等古妙？《文选》："寡欲罕所缺，理来情无存。"唐人："廉岂活名具，高宜近物情。"陈后山《训子》云："勉汝言须记，逢人善即师。"文文山《咏怀》云："疏因随事直，忠故有时愚。"又，宋人："独有玉堂人不寐，六箴将晓献宸旒[②]。"亦皆理语；何尝非诗家上乘？至乃"月窟""天根"等语，便令人闻而生厌矣。

【注释】

① 缉（qì）熙：光明。

② 宸旒（chén liú）：帝王。

【译文】

有人说："诗歌中不应有说理的文字。"我并不这么认为。《大雅》中有："于缉熙敬止。""不闻达也能做榜样，不劝谏也能做官。"这些何尝不是哲理？这是何等美妙啊！《文选》中有："清心寡欲十分少见，一讲道理真情就无法存在了。"唐朝有人说："清廉岂能徒有其名，清高也应该接近人情。"陈后山的《训子》中说："告勉的话语你一定要记住，遇到友善的人就是你的老师。"文文山《咏怀》说："陈述因随事情本身而直接，忠诚因而有时显得愚笨。"另外，有宋朝人说："独自在玉堂中睡不着觉，天亮时写好六封信献给皇上。"这些也都是理语，何尝不是诗中的上等？至于"月窟"、"天根"等语，便令人一听就生厌了。

二五、毋效古诗

　　沈归愚选《明诗别裁》，有刘永锡《行路难》一首，云："云漫漫兮白日寒，天荆地棘行路难。"批云："只此数字，抵人千百。"予不觉大笑。"风萧萧兮白日寒"是《国策》语，"行路难"三字是题目。此人所作，只"天荆地棘"四字而已。以此为佳，全无意义。须知《三百篇》如"采采芣苢"、"薄言采之"之类，均非后人所当效法。圣人存之，采南国之风，尊文王之化；非如后人选读本，教人摹仿也。今人附会圣经，极力赞叹。章蕽斋戏仿云："点点蜡烛，薄言点之。点点蜡烛，薄言剪之。"注云："剪，剪去其煤也。"闻者绝倒。余尝疑孔子删诗之说，本属附会。今不见于《三百篇》中，而见于他书者，如《左氏》之"翘翘车乘，招我以弓"，"虽有姬姜，无弃憔悴"；《表记》之"昔吾有先正，其言明且清"；古诗之"雨无其极，伤我稼穑"之类，皆无愧于《三百篇》：而何以全删？要知圣人述而不作，《三百篇》者，鲁国方策（也作方册，典册，典籍）旧存之诗，圣人正之，使《雅》《颂》各得其所而已，非删之也。后儒王鲁斋欲删《国风》淫词五十章，陈少南欲删《鲁颂》：何迂妄乃尔！

【译文】

　　沈归愚编选《明诗别裁》，选有刘永锡《行路难》一首，说："云漫漫兮白日寒，天荆地棘行路难。"选者还批注说："只这么几个字，抵得上别人千百个字。"我不觉大笑。"风萧萧兮白日寒"是《国策》中的话，"行路难"三个字是题目，而这人所作的只有"天荆地棘"四个字罢了。若认为这句诗是佳句，完全没有意义。我们应该知道《三百篇》中如"采采芣苢"、"薄言采之"之类的句子，都不是后人应当模仿的。孔子所保存下来的，是采集于南国的风气，尊崇文王的教化，不像后人的选读本，是教人模仿的。现今的人附会孔子的经典，受到极力赞叹。章藐斋开玩笑似的模仿说："点点蜡烛，薄言点之。点点蜡烛，薄言剪之。"有人作注说："剪，就是剪去蜡烛的烟尘。"听的人都叫好。我曾经怀疑，孔子删诗的说法都是附会出来的。现在有些诗句在《三百篇》中没看到，却在其他书中出现了，如《左氏》的"翘翘车乘，招我以弓"，"虽有姬姜，无弃憔悴"，《表记》中的"昔吾有先正，其言明且清"，《古诗》中的"雨无其极，伤我稼穑"之类，都有保存到《三百篇》中的价值，但为什么全部被删去了呢？要知道孔子向来只管说不管写，《三百篇》是鲁国典籍中保存的诗，孔子校正了它，使得《雅》《颂》各得其所罢了，并不是删减呀。后来的儒生王鲁斋想删减《国风》中的淫词五十章，陈少南欲删减《鲁颂》，他们这是何等的迂腐而又胆大妄为呀！

二六、诗之用典

宋人好附会名重之人，称韩文杜诗，无一字没来历。不知此二人之所以独绝千古者，转妙在没来历。元微之称少陵云："怜渠直道当时事，不着心源傍古人。"昌黎云："惟古于词必己出，降而不能乃剽贼。"今就二人所用之典，证二人生平所读之书，颇不为多，班班可考，亦从不自注此句出何书，用何典。昌黎尤好生造字句，正难其自我作古，吐词为经，他人学之，便觉不妥耳。

【译文】

宋代人好附会名气大的人，认为韩愈的文章、杜甫的诗歌没有一个字无来历，却不知道这二人之所以独绝千古，正妙在没来历。元微之称赞杜甫说："喜欢他直接选用当时的俚词俗语作诗，不刻意去模仿古人。"韩愈说："惟有古人作词必定是自己所作，即便写得不好也不剽窃别人的。"现在看二人所用的典故，可以知道二人生平所读的书并不是很多，这些统统都可以考证。他们也从不注明自己的哪句诗出自什么书，用什么样的典故。韩愈特别喜好生造字句，特别难得的是他自己写的诗句成为经典，别人学这些，反而不妥。

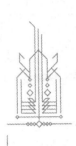

卷
四

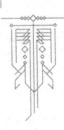

二七、身份与心胸

凡作诗者，各有身份，亦各有心胸。毕秋帆中丞家漪香夫人有《青门柳枝词》云："留得六宫眉黛好，高楼付与晓妆人。"是闺阁语。中丞和云："莫向离亭争折取，浓阴留覆往来人。"是大臣语。严冬友侍读和云："五里东风三里雪，一齐排着等离人。"是词客语。夫人又有句云："天涯半是伤春客，飘泊烦他青眼看。"亦有慈云护物之意。张少仪观察①和云："不须看到婆娑日，已觉伤心似汉南。"则是名场者旧语矣。

【注释】

① 观察：官名，清代对道员的尊称。

【译文】

大凡作诗的人，有各自的身份，也各有自己的想法。毕秋帆中丞家的漪香夫人写有《青门柳枝词》说："留得六宫画眉的好颜料，爬上高楼交给早上梳妆的人。"这是闺中女子的话。中丞和诗说："不要在离别亭上争相折取柳枝，浓密的树荫留给过往的行人。"这是大臣的语言。侍读的严冬友和诗说："五里东风三里雪，都在一齐等待即将离别的人。"这是词客的语言。夫人于是又说了一句："天涯多半是感伤春天的人，漂泊之中连对他人给予的器重都感到厌烦。"这里也有慈云护物的意思。张少仪观察和诗说："不用看到树影婆娑的日子，已经感觉到和汉南一样伤心了。"这却道出了名利场中常见的现象啊。

二八、智救故人之子

恽南田寿平之父逊庵，遭国变，父子相失，寿平卖杭州富商某为奴。其故人谛晖和尚在灵隐，坐方丈，苦无救策。会二月十九日，观音生辰，天竺烧香者，过灵隐寺必拜方丈。谛晖道行高，贵官男女来膜拜者，以万数，从无答礼。富商夫人从苍头婢仆数十人，来拜谛晖。谛晖探知欣而纤者，恽氏儿也，矍然起，跪儿前，膜拜不止，曰："罪过！罪过！"夫人惊问其故。曰："此地藏王菩萨也。托生人间，访人善恶。夫人奴畜之，无礼已甚；闻又鞭扑之，从此罪孽深重，奈何！"夫人惶急归告某商。次早，某商来，长跪不起，求开一线佛门之路。谛晖曰："非特公有罪，僧亦有罪。地藏王来寺，而僧不知迎，僧罪大矣！请以香花清水，供养地藏王入寺，缓缓为公夫妇忏悔，并为僧自己忏悔。"某商大喜，布施百万，以儿付谛晖。谛晖教之读书、学画，一时声名大起。寿平佳句，如："蝉移无定响，星过有余光。""送迎人自老，新旧岁无痕。""只为花阴贪坐久，不须归去更熏衣。"皆清绝也。《十四夜望月》云："平开图画含千岭，尽扫星河占一天。"真乃自喻其笔墨之高矣。其时，石揆僧与谛晖齐名。石揆有弟子沈近思，后官总宪。人问谛晖："孰优？"曰："近思讲理学，不出周、程、张、朱范围；寿平作画，能脱文、沈、唐、仇窠臼，似恽优矣。"

【译文】

恽南田（字寿平）的父亲逊庵，遭遇国变，父子失散，寿平被卖到杭州某富商家为奴。他父亲的故人谛晖和尚在灵隐寺做方丈，苦于没有办法救他。正好二月十九日是观音的生辰，去天竺烧香的人，经

过灵隐寺必定要拜会方丈。谛晖道行高深，达官贵富男男女女前来膜
拜的，数以万计，他从来没有答礼。当富商夫人带着年轻婢仆数十人
来拜谛晖时，谛晖探知其中漂亮而高瘦的那个是恽氏的儿子，就突然
站起来，跪在他面前，膜拜不停，说："罪过，罪过！"夫人惊奇地
问谛晖原因。他说："这是地藏王菩萨。托生在人间，探访人间的善
恶。夫人把他当作奴仆使唤，已经非常无礼了；我听说您还鞭打他，
所犯的罪孽深重，怎么办？"夫人惊慌失措，急忙赶回去告诉商人。
第二天一早，商人来了，长跪不起，祈求能指引一线佛门之路。谛晖
说："这不仅是你的罪过，我也有罪过。地藏王来到本寺，但是我不
知道迎接，我的罪过太大了！请用香花清水，供养地藏王入寺，慢慢
为您夫妇二人忏悔，并为我自己忏悔。"商人大喜，布施百万钱财，
把寿平交给谛晖。谛晖教他读书学画，一时间声名大起。寿平有好诗，
如："蝉移无定响，星过有余光。""送迎人自老，新旧岁无痕。""只
为花阴贪坐久，不须归去更熏衣。"都清新绝妙。《十四夜望月》有：
"平开图画含千岭，尽扫星河占一天。"这是自己比喻自己的画技高超。
当时，石揆僧与谛晖齐名。石有弟子叫沈近思，后来官至总宪。有人
问谛晖："此二人谁的才学更高？"他说："近思擅长理学，不出周、
程、张、朱范围；寿平作画，能脱离开文、沈、唐、仇的套路，好像
是恽寿平更优秀吧。"

二九、取其精华，吐其糟粕

题古迹能翻陈出新最妙。河南邯郸壁上或题云："四十年中
公与侯，虽然是梦也风流。我今落魄邯郸道，要替先生借枕头。"
严子陵钓台或题云："一着羊裘便有心，虚名传诵到如今。当时
若着蓑衣去，烟水茫茫何处寻？"凡事不能无弊，学诗亦然。学汉、

魏《文选》者，其弊常流于假；学李、杜、韩、苏者，其弊常失于粗；学王、孟、韦、柳者，其弊常流于弱；学元、白、放翁者，其弊常失于浅；学温李、冬郎者，其弊常失于纤。人能取诸家之精华，而吐其糟粕，则诸弊尽捐。大概杜、韩以学力胜，学之，刻鹄不成，犹类鹜也。太白、东坡以天分胜，学之，画虎不成，反类狗也。佛云："学我者死。"无佛之聪明而学佛，自然死矣。

【译文】

在古迹题诗能翻陈出新是最妙的。河南邯郸壁上有人题诗说："四十年中公与侯，虽然是梦也风流。我今落魄邯郸道，要替先生借枕头。"严子陵钓台有人题诗："一着羊裘便有心，虚名传诵到如今。当时若着蓑衣去，烟水茫茫何处寻？"凡事不会没有弊端，学诗也是这样。学汉、魏《文选》的，其弊常流于太假；学李白、杜甫、韩愈、苏轼的，他的弊端常失于太粗；学王维、孟郊、韦庄、柳永的，其弊常流于太弱；学元稹、白居易、陆游的，其弊常失于太肤浅；学温庭筠、李商隐、韩偓（"冬郎"是其小名）的，其弊常失于太细。若能汲取前辈诸家的精华，而去掉他们的糟粕，那么什么弊端就都没有了。大概杜甫、韩愈靠自身学问渊博来取胜，一味学他们，成不了鸿鹄，反成了秃鹜。太白、东坡以天分取胜，一味学他们，画虎不成，反像狗。佛家有名话："学我者死。"没有佛的聪慧而学佛法，自然就学死了。

三〇、诗文贵曲

凡作人贵直，而作诗文贵曲。孔子曰："情欲信，词欲巧。"孟子曰："智譬则巧，圣譬则力。"巧，即曲之谓也。崔念陵诗云："有磨皆好事，无曲不文星。"洵[①]知言哉！

或问："诗如何而后可谓之曲？"余曰："古诗之曲者，不胜数矣；即如近人王仔园《访友》云：'乱鸟栖定夜三更，楼上银灯一点明。记得到门还不扣，花阴悄听读书声。'此曲也。若到门便扣，则直矣。方蒙章《访友》云：'轻舟一路绕烟霞，更爱山前满涧花。不为寻君也留住，那知花里即君家。'此曲也。若知是君家，便直矣。宋人《咏梅》云：'绿杨解语应相笑，漏泄春光恰是谁。'《咏红梅》云：'牧童睡起朦胧眼，错认桃林欲放牛。'咏梅而想到杨柳之心，牧童之眼，此曲也；若专咏梅花，便直矣。"

【注释】

① 洵：确实，诚然。

【译文】

大凡为人贵在正直，而作诗文贵在曲婉。孔子说："抒怀要真诚，作词要巧妙。"孟子说："智慧多则生巧妙，圣理熟则有力量。"巧，就是要说得曲折委婉。崔念陵有诗说："有磨难都是好事，没有曲折不是文曲星。"可以说真正懂得了其中的道理啊！

有人问："诗要怎么写才可称得上是曲折呢？"我说："古代曲婉的诗不计其数。就拿近代人王仔园的《访友》诗来说，它是这么说的：'半夜三更各种鸟儿已在树上歇息，楼上却还有一盏灯在发着光。记得到了门口也不敲门，在花荫下悄悄听那读书声。'这就是曲折委婉。如果一到门口就敲，就太直了。方蒙章的《访友》说：'小船一路上烟雾缭绕，但我喜欢山前那一涧的鲜花。就算不是来找你也要住下了，哪知道你的家就在这花丛中。'这就是曲折委婉。如果知道是朋友家，就太直白了。宋朝人写有《咏梅》诗说：'碧绿的杨柳若理解我应当朝我会心地笑，将春光外泄的到底是谁。'《咏红梅》说：'牧童刚刚起床还睡眼蒙眬，误把梅花林当成了桃花林，还准备出去放牛。'

咏梅却想到了杨柳的心思、牧童的睡眠，这都是曲折委婉。如果专门吟咏梅花，便太直白了。”

三一、诗不可有乡野气

诗虽贵淡雅，亦不可有乡野气，何也？古之应、刘、鲍、谢、李、杜、韩、苏，皆有官职，非村野之人。盖士君子读破万卷，又必须登庙堂，览山川，结交海内名流，然后气局见解，自然阔大；良友琢磨，自然精进。否则，鸟啼虫吟，沾沾自喜，虽有佳处，而边幅固已狭矣。人有乡党自好之士，诗亦有乡党自好之诗。桓宽《盐铁论》曰："鄙儒不如都士。"信矣。

【译文】

诗虽然以淡雅为贵，但也不可以有乡野气息。为什么？古时的应、刘、鲍、谢、李、杜、韩、苏，都有官职，不是乡村野外的俗人。大概士人君子读破万卷书，又必须去登临庙宇高堂，游览山川河流，结交海内名流，然后个人的气质和见解自然开阔；好朋友互相琢磨诗艺，自然诗就精进。否则，鸟叫虫鸣，沾沾自喜，虽然有好的地方，但视野一开始就已经很狭窄了。人有交好的朋友在乡党时，诗也有关于乡党交好的诗。桓宽《盐铁论》说："乡里的儒生不如国都的士人。"这是可信的。

三二、诗之厚薄

今人论诗，动言贵厚而贱薄，此亦耳食之言。不知宜厚宜薄，惟以妙为主。以两物论：狐貉贵厚，鲛绡贵薄。以一物论：刀背贵厚，刀锋贵薄。安见厚者定贵？薄者定贱耶？古人之诗，少陵似厚，太白似薄；义山似厚，飞卿似薄：俱为名家。犹之论交，谓深人难交，不知浅人亦正难交。

【译文】

现在的人评论诗歌，动不动就以厚重的诗为贵，以单薄的诗为贱，这是轻信他人的话。他们不知道诗歌宜厚重也宜单薄，只以恰到好处为准。用两种事物来说：狐狸皮做的大衣以厚实为珍贵，鲨鱼皮纺的丝以轻薄为贵。用一物来说：刀背以厚为贵，刀锋以薄为贵。何以见得厚的就一定珍贵，薄的就一定低贱呢？古人写的诗，杜甫似乎厚重，李白似乎单薄；李商隐似乎厚重，温庭筠似乎单薄。但是他们都是名家。好比论人的交情，说高深莫测的人难以交往，却不知道低贱浅薄的人也恰恰难以交往。

三三、作诗与通经

陆陆堂、诸襄七、汪韩门三太史，经学渊深，而诗多涩闷，所谓学人之诗，读之令人不欢。或诵诸诗："秋草驯龙种，春罗狎雉媒。""九秋易洒登高泪，百战重经广武场。"差为可诵，他作不能称是。相传康熙间，京师三前辈主持风雅，士多趋其门。王阮亭多誉，汪钝翁多毁，刘公戬持平。方望溪先生以诗投汪，汪斥之。次以诗投王，王亦不誉。乃投刘，刘笑曰："人各有性之所近，子以后专作文不作诗可也。"方以故终身不作诗。近代深经学而能诗者，其郑玑尺、惠红豆、陈见复三先生乎。

【译文】

陆陆堂、诸襄七、汪韩门三位太史，拥有渊博的经学知识，但他们所作的诗大都艰深晦涩，这类学者的诗，读来令人不欢畅。有人读诸襄七的诗："秋天的野草驯养了龙种，春天草木茂盛的原野给山鸡当上了大媒。""在秋天登高容易洒下泪水，身经百战后再次经过广武场。"这些勉强还可以读，其他作品都不行。相传康熙年间，京都的这三位前辈主持风雅，很多士人登门拜访。王士禛受到许多赞誉，汪钝翁受到不少诋毁，刘公戬毁誉参半。方望溪先生将诗投给汪太史，汪斥责了他，他又投给王士禛，王也认为不好，于是投给刘公戬，刘笑着说："人与人都有性情接近的地方，你以后可以只写文不写诗。"方望溪因此终生不写诗。近代熟悉经学而又能写诗的，大约只有郑玑尺、惠红豆、陈见复三位先生吧。

三四、明七子与王阮亭

或问："明七子摹仿唐人，王阮亭亦摹仿唐人，何以人爱阮亭者多，爱七子者少？"余告之曰："七子击鼓鸣钲，专唱宫商大调，易生人厌。阮亭善为角徵之声，吹竹弹丝，易入人耳。然七子如李崆峒，虽无性情，尚有气魄。阮亭于气魄、性情，俱有所短：此其所以能取悦中人，而不能牢笼上智也。"

【译文】

有人问："明代七子模仿唐朝人，王士禛也模仿唐朝人，为何喜爱王士禛的人多，而喜爱七子的人少呢？"我告诉他说："七子写诗像敲鼓打钲，专唱宫商大调，容易使人生厌，阮亭擅长用角徵的音阶，好像吹竹弹丝，容易入耳。但是七子中像李崆峒，虽然没有性情，还是有气魄的。王士禛在气魄和性情上都有不足的地方。这是他之所以能够取悦一般人，而不能感动那些有大学问的人的原因。"

三五、论《声调谱》

近有《声调谱》之传，以为得自阮亭，作七古者，奉为秘本。余览之，不觉失笑。夫诗为天地元音，有定而无定，到恰好处，自成音节，此中微妙，口不能言。试观《国风》《雅》《颂》《离骚》《乐府》，各有声调，无谱可填。杜甫、王维七古中，平仄均调，竟有如七律者；韩文公七字皆平，七字皆仄；阮亭不能以四仄三平之例缚之也。倘必照曲谱排填，则四始六义之风扫地矣。此阮亭之七古，所以如杞国伯姬，不敢挪移半步。

【译文】

近来流传《声调谱》，认为是从王士禛那里传下来的，写七古诗的人将之奉为秘本。我看后不觉失笑。诗是天地发出来的声音，有没有定数，要看是不是恰到好处。如恰到好处，音节自然形成，这其中的微妙之处，是不能用嘴巴说出来的。试看《国风》《雅》《颂》《离骚》《乐府》，都有各自的声调，但无曲谱可填。杜甫、王维的七古诗中，平仄均匀调和，就像是七律诗似的；韩愈的诗有时七字都是平声，有时七字都是仄声；王士禛的诗却不能用四字仄三字平的惯例来约束的。假如一定按照曲谱排填，那么四始六义的风格扫地了。此是王士禛的七古诗，所以像杞国的伯姬，不敢往别处挪动半步。

三六、诗的悟性

诗虽小技，然必童而习之，入手先从汉、魏、六朝，下至三唐、两宋，自然源流各得，脉络分明。今之士大夫，已竭精神于时文八股矣；宦成后，慕诗名而强为之，又慕大家之名而狭取之。于是所读者，在宋非苏即黄，在唐非韩则杜，此外付之不观。亦知此四家者，岂浅学之人所能袭取哉？于是专得皮毛，自夸高格，终身由之，而不知其道。《书》曰："德无常师，主善为师。"子贡曰："夫子焉不学？而亦何常师之有？"此作诗之要也。陶篁村曰："先生之言固然，然亦视其人之天分耳。与诗近者，虽中年后，可以名家；与诗远者，虽童而习之，无益也。磨铁可以成针，磨砖不可以成针。"

【译文】

写诗虽然是雕虫小技，但是必须从孩童时候开始学习。从汉、魏、六朝开始着手，下到三唐、两宋，自然能掌握各派的源流，且脉络分明。现今的士大夫，已把所有的精力放在时下流行的八股文上了，当官之后，羡慕诗名而勉强去写，又钦慕大家的名气而直接借取。于是，人们所读诗文，宋诗不是苏轼的就是黄庭坚的，唐诗不是韩愈的就是杜甫的，除此之外再不看其他人的诗。我们也知道，这四人的诗岂是粗浅学习之人所能学得来的？他们只懂得了皮毛就自夸风格很高，终生引以为自豪，而不懂得作诗的深刻道理。《书》上说："德行上没有固定的老师，只应该主要把善当作老师。"子贡说过："为何不向老师学习？然而哪里又有固定的老师呢？"这也是作诗的关键所在。陶元藻说："先生所说固然有道理，然而也要依各人的天分而定。对诗有悟性的人，虽到中年之后才学，也可以成为名家；和诗缘分浅的人，虽然从孩童时开始学起，也没有益处。磨铁可以成针，磨砖却不可以成针。"

三七、一字之师

诗得一字之师，如红炉点雪，乐不可言。余祝尹文端公寿云："休夸与佛同生日，转恐恩荣佛尚差。"公嫌"恩"字与佛不切，应改"光"字。《咏落花》云："无言独自下空山。"邱浩亭云："空山是落叶，非落花也；应改'春'字。"《送黄宫保巡边》云："秋色玉门凉。"蒋心余云："'门'字不响，应改'关'字。"《赠乐清张令》云："我惭灵运称山贼。"刘霞裳云："'称'字不亮，应改'呼'字。"凡此类，余从谏如流，不待其词之毕也。浩亭诗学极深，惜未得其遗稿。

【译文】

作诗时如能碰到一字之师，便像红炉点雪，有说不出来的快乐。我为尹文端公祝寿时写过"休夸与佛同生日，转恐恩荣佛尚差"。尹公嫌"恩"字与佛不切近，应该改为"光"字。《咏落花》里有："无言独自下空山。"邱浩亭说："空山里有落叶，而不是落花，应改为'春'字。"《送黄宫保巡边》中有："秋色玉门凉。"蒋心余说："'门'字不气派，应改为'关'字。"《赠乐清张令》中写道："我惭灵运称山贼。"刘霞裳说："'称'字不响亮，应改为'呼'字。"大凡这种事，我从谏如流。浩亭诗学造诣极深，可惜没有得到他的遗稿。

三八、自来与力构

萧子显自称："凡有著作，特寡思功；须其自来，不以力构。"此即陆放翁所谓"文章本天成，妙手偶得之"也。薛道衡登吟榻构思，闻人声则怒；陈后山作诗，家人为之逐去猫犬，婴儿都寄别家。此即少陵所谓"语不惊人死不休"也。二者不可偏废。盖诗有从天籁来者，有从人巧得者，不可执一以求。

【译文】

萧子显自称："凡是我的著作，都很少花心思；必须等它们自己找上门来，我从不花力气去构思。"这就是陆游所说的"文章本天成，妙手偶得之"啊。薛道衡在床上构思，听到人发出声响就生气；陈后山作诗时，家人替他把猫狗赶走，小孩都寄养到别人家里。这就是杜甫所说的"语不惊人死不休"啊。这两种作诗的境界都不可偏废，因为诗有自然产生的，有从人的巧妙构思中得来的，不可固执地只从其中一种方法中求得。

三九、诗文用字

诗文用字，有意同而字面整碎不同，死活不同者，不可不知。杨文公撰《宋主与契丹书》，有"邻壤交欢"四字。真宗用笔旁抹批云："鼠壤？粪壤？"杨公改"邻壤"为"邻境"，真宗乃悦。此改碎为整也。范文正公作《子陵祠堂记》，初云："先生之德，山高水长。"旋改"德"字为"风"字，此改死为活也。《荀子》

曰："文而不采。"《乐记》曰："声成文谓之音。"今之诗流，知之者鲜矣！

【译文】

　　作诗写文章时的用字，有的意思相同，但是在不同的语言环境中，有完整和零碎、呆板与灵活的区别，对于这种情况不可不知。杨亿撰写《宋主与契丹书》，里面有"邻壤交欢"四个字。宋真宗用笔在旁边批注说："鼠壤？粪壤？"杨公改"邻壤"为"邻境"，真宗才高兴。这是改碎为整的例子。范文正公作《子陵祠堂记》，开始是这么说的："先生之德，山高水长。"后来将"德"字改为"风"字，这是将死改活了。《荀子》上说："文而不采。"《乐记》上说："声成文谓之音。"现今的诗歌流派，知道这些的人很少了！

卷

五

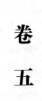

四〇、得随园记

戊辰秋，余初得隋织造园，改为随园。王孟亭太守、商宝意、陶西圃二太史，置酒相贺，各有诗见赠。西圃云："荒园得主名仍旧，平野添楼树尽环。作吏如何耽此事，买山真不乞人钱。"宝意云："过江不愧真名士，退院其如未老僧。领取十年卿相后，幅巾野服始相应。"盖其时，余年才过三十故也。惟孟亭诗未录，只记"万木槎丫①绿到檐"一句而已。嗟乎！余得随园之次年，即乞病居之。四十年来，园之增荣饰观，迥非从前光景，而三人者，亦多化去久矣！

【注释】

① 槎丫（chá yá）：形容树枝歧出不齐的样子。

【译文】

戊辰年秋天，我刚得到隋朝时的织造园，改名为随园。王孟亭太守及商宝意、陶西圃二位太史，设宴向我祝贺，并各自作诗赠我。西圃说："荒芜多年的园子得到新主人仍保留原名，平野中增添了四周环绕着树木的楼房。当官的如何看待这件事，买山不用向别人讨钱。"宝意说："南北闯荡时不愧为真正的名士，退隐院中他像未老的僧人。做了多年的朝官后，戴着头巾穿着便服才适合。"大概当时我才年过三十的缘故。只有孟亭的诗没收录，只记得"无数参差不齐的绿色树木都长到了屋檐下"这一句罢了。唉！我得到随园的第二年，就患病回来闲住。四十年来，园子里已增添了不少景观，与从前的样子迥然不同了，而这三人，也大都去世多年了。

四一、身故十年诗传世

　　曾南村好吟诗，作山西平定州刺史，仿白香山将诗集分置圣善东林故事，乃将《上党咏古》诸作，命门人李珍聘书藏文昌祠中。身故十余年，陶悔轩来牧此州，过祠拈香，见此藏本，既爱诗之清妙，而又自怜仝①为山左人，乃序而梓之，并附己作于后。曾《过盘石关》云："盘石关前石路微，离离黄叶小村稀。斜阳忽送奇峰影，千叠层云屋上飞。"陶《咏遗诗轩》云："一代文章擅逸才，开轩吟罢兴悠哉。官闲且喜能医俗，为与诗人坐卧来。"陶又《咏嘉山书院》云："新开艺苑育群英，文学风传古艾城。借得公余无俗累，携朋来听读书声。"

【注释】

① 仝（tóng）：通"同"。

【译文】

　　曾南村喜欢吟咏诗歌，他做山西平定州刺史时，仿效白居易将诗集分别放在圣善东林的故事，命令门人李珍聘将《上党咏古》等诗作抄写好藏在文昌祠中。他去世十多年后，陶悔轩做该州的长官，经过文昌祠便进来烧香，看见了这个藏本，既喜爱诗的清新妙婉，又怜他与自己同为山左（旧时山东省的别称）人，就亲自作序并出钱印了它，并且把自己的诗作附在书后。曾南村的《过盘石关》说："盘石关前边的石路十分狭窄，稀疏的村庄掩映在纷繁的黄叶中。夕阳忽然映照出奇异山峰的影子，千层的云彩在屋顶上翻飞。"陶悔轩写的《咏遗诗轩》说："一代擅长写诗的杰出人才，推开窗户作完诗后仍然悠闲自得。高兴的是做官之余能够医疗俗气，只因为能与诗人坐卧交谈。"陶还有一首《咏嘉山书院》说："新开办的学校培育众多英才，文学之风在古艾城流传。公事之余没有世俗的牵累，带来朋友在这儿听读书声。"

四二、行医与作诗

吴门名医薛雪，自号一瓢，性孤傲，公卿延之不肯往；而予有疾，则不招自至。乙亥春，余在苏州，庖人王小余病疫不起，将掩棺。而君来，天已晚，烧烛照之，笑曰："死矣！然吾好与疫鬼战，恐得胜亦未可知。"出药一丸，捣石菖蒲汁调和，命舆夫有力者，用铁箸锲其齿灌之。小余目闭气绝，喉汩汩然似咽似吐。薛嘱曰："好遣人视之，鸡鸣时当有声。"已而果然。再服二剂而病起。乙酉冬，余又往苏州，有厨人张庆者，得狂易之疾，认日光为雪，啖少许，肠痛欲裂，诸医不效。薛至，袖手向张脸上下视曰："此冷痧也，一刮而愈，不必诊脉。"如其言，身现黑瘢如掌大，亦即霍然①。余奇赏之。先生曰："我之医，即君之诗，纯以神行；所谓人居屋中，我来天外是也。"然先生诗亦正不凡，如《夜别汪山樵》云："客中怜客去，烧烛送归桡。把手各无语，寒江正落潮。异乡难跋涉，旧业有渔樵。切莫依人惯，家贫子尚娇。"《嘲陶令》云："又向门前栽五柳，风来依旧折腰枝。"《咏汉高》云："恰笑手提三尺剑，斩蛇容易割鸡难。"《偶成》云："窗添墨谱摇新竹，几印连环按覆盂。"

【注释】

① 霍然：迅速。

【译文】

　　吴门名医薛雪，自号一瓢，性情孤僻傲慢，公卿请他都不肯去，而我有病他却不请自来。乙亥年春，我在苏州，厨子王小余因病卧床不起，奄奄一息。然而薛雪来了，天色已晚，他点燃蜡烛探看王小余，笑着说："人已经死了！然而我喜欢与病鬼斗，恐怕取得胜利也未可知。"他拿出一粒药丸，捣碎后和菖蒲汁调和，叫有劲的车夫，用铁筷子撬开他的牙齿灌进去，小余眼睛合上了，气息断绝了，喉咙里发出汩汩的声音，似乎在吞又似乎在吐。薛嘱咐说："好好派人看着他，鸡叫的时候应当可以说话了。"后来果然如此。他又吃了两剂药病就痊愈了。乙酉年冬天，我又去了苏州，有一个叫张庆的厨子得了疯癫病，把太阳光看成了雪，吃一点点东西就肠痛欲裂，请了许多医生都治不好。薛雪来了，他把手藏在袖子里，向张的脸上下打量后说："这是冷痧，一刮就好了，不需要诊脉。"如他所言，张的身上出现一个像手掌大的黑瘢，刮后就迅速好了。薛先生说："我行医，就像你作诗，纯粹靠心神来操作，所谓他人住在屋中，我却来到了天外。"然而薛先生的诗也不同凡响。如《夜别汪山樵》说："旅途中惋惜你离去，点燃蜡烛送你回去。握手相视默默无语，寒冷的江水正在落潮。他乡路途难走，旧业有打鱼砍柴。切莫习惯于依靠他人，家里贫穷却仍娇惯子女。"《嘲陶令》说："又在门前栽下五棵柳树，大风吹来仍然吹弯了它们的腰肢。"《咏汉高》说："可笑手持三尺之剑，斩断毒蛇容易杀鸡却难。"《偶成》说："窗外有新长的竹子摇动，好像作画似的，在窗纸上印画出许多花纹来。"

四三、诗似人不识

　　宋维藩字瑞屏，落魄扬州，卢雅雨为转运，未知其才，拒而不见。

余为代呈《晓行》云："客程无晏①起，破晓跨驴行。残月忽堕水，村鸡初有声。市桥霜渐滑，野店火微明。不少幽居者，高眠梦不惊。"卢喜，赠以行资。苏州浦翔春《晓行》云："早出弇山口，秋风襆被轻②。背人残月落，何处晓鸡声。客久影俱瘦，宵阑气更清。行行远树里，红日自东生。"二人不相识，而二诗相似，且同用"八庚"韵，亦奇。浦更有佳句云："旧塔未倾流水抱，孤峰欲倒乱云扶。"又，"醉后不知归路晚，玉人扶着上花骢③。"

【注释】

① 晏：迟，晚。

② 弇（yǎn）：山名，在今甘肃省。襆（pú）：用包袱包裹衣被。

③ 骢（cōng）：毛色青白相杂的马。泛指马。

【译文】

宋维藩，字瑞屏，落魄于扬州，卢雅雨在这里任两淮盐运使，不知他有才，拒不会见他。我替他送《晓行》给卢雅雨看，诗中说："在旅途中的客人没有晚起床的，天刚亮就骑驴上路。残月忽然映照在水中，村鸡刚开始啼叫。桥上因霜路滑，村野小店的烟火还没烧旺。有不少隐居在此的人，此时正在高枕酣睡。"卢看了大喜，赠给他路费。苏州浦翔春的《晓行》说："早晨走出弇山口，秋风轻轻吹着我的行李。身后残月渐渐落下，不知哪里响起了鸡叫声。长久客居在外身影瘦弱，夜色已尽空气更加清新。远处一行行树木中，一轮红日从东方升起。"宋维藩与浦翔春互不相识，但两人的诗却相似，并且同样采用了"八庚"韵，这也很神奇。浦还有佳句说："旧时古塔未倾四周有流水环抱，孤零零的山峰像要倒塌但有白云扶持。"又有："喝醉酒后不知回家的时间已迟了，美人搀扶我坐上了花马。"

四四、论哭父母诗

　　有某太史以《哭父》诗见示。余规之曰："'哭父'，非诗题也。《礼》：'大功废业。'而况于斩衰乎[1]？古人在丧服中，三年不作诗，何也？诗乃有韵之文，在哀毁时，何暇挥毫拈韵？况父母恩如天地，试问古人可有咏天地者乎？六朝刘昼赋六合[2]，一时有'疥骆驼'之讥。历数汉、唐名家，无哭父诗。非不孝也，非皆生于空桑者也。《三百篇》有《蓼莪》，古序以为刺幽王作。有'陟岵'、'陟屺'，其人之父母生时作。惟晋傅咸、宋文文山有《小祥哭母诗》。母与父似略有间，到小祥哀亦略减；然哭二亲，终不可为训。"

【注释】

① 大功：丧服名，五服之一，服丧期九个月。功，指织布的工作。大功的丧服用熟麻布做成，较齐衰为细，较小功为粗。男子为出嫁的姊妹和姑母，为堂兄弟和未嫁的堂姊妹都服大功；女子为丈夫的祖父母、伯叔父母，为自己的兄弟也服大功。斩衰（cuī）：为死者穿的一种丧服。衣服用粗麻布制成，不缝下边，是五种丧服中的最重的一种。

② 六合：天地四方。

【译文】

　　有某位太史拿他写的《哭父》诗给我看，我劝他说："'哭父'，这不是诗题。《礼》中说过：'遇到大功这样的丧事连正常的事业都得放弃'，更何况斩衰这么大的丧事呢？古人在服丧期间，三年不作诗，为什么呢？诗是有韵律的文字，在悲伤时，哪有闲情动笔选韵呢？况且父母的恩情大如天地，请问古人有歌咏天地的吗？六朝的刘昼写

《六合赋》，一时被人讥讽为'瘠骆驼'。历数汉、唐的名家，都没有写哭父诗的。不是不孝顺，也不是没有父母之人。《三百篇》中有《蓼莪》，古序中认为是讽刺幽王之作。里面有'陟岵'、'陟屺'篇，都是其父母在世时所作。只有晋傅咸、宋文文山写有《小祥哭母诗》。母亲与父亲似乎略微有点不同，至于小祥的悲哀也略微有点削减。然而哭父母双亲的诗，终究不可仿效去写。"

四五、勿借诗卖弄

人有满腔书卷，无处张皇，当为考据之学，自成一家。其次，则骈体文，尽可铺排，何必借诗为卖弄？自《三百篇》至今日，凡诗之传者，都是性灵，不关堆垛。惟李义山诗，稍多典故；然皆用才情驱使，不专砌填也。余续司空表圣《诗品》，第三首便曰："博习"，言诗之必根于学，所谓不从糟粕，安得精英是也。近见作诗者，全仗糟粕，琐碎零星，如剃僧发，如拆袜线，句句加注，是将诗当考据作矣。虑吾说之害之也，故续元遗山《论诗》，末一首云："天涯有客号冷痴，误把抄书当作诗。抄到钟嵘《诗品》日，该他知道性灵时。"

【译文】

人有满肚子学问，而没有用武之地，应当去做考据，可以自成一家；其次，也可以写骈体文，尽可以大肆铺排，何必借写诗来卖弄呢？从《三百篇》到今天，大凡可以流传下来的诗歌，都是灵感之作，与词语堆砌雕琢无关。只有李商隐的诗作，用典稍微多了些；然而他们都以才情为中心，不专门地填词造句。我续写司空表圣的《诗品》，第三首就是说的"博习"，说的是写诗必须以学问为根本，这就是人们所说的不先从糟粕学起，怎么能得到精英。近来见一些作诗的人，全凭糟粕堆砌，琐碎杂乱，就好像给和尚剃头发一样，又好似拆袜子上的线，句句加注解，这是将诗歌当作考据来做啊。考虑到我说的这种危害，因此续写元遗山的《论诗》，最后一首说："天边有叫泠痴的人，错误地把抄书当作写诗。抄到钟嵘《诗品》的日子，就应该是他明白性灵的时候了。"

四六、诗的意境

元遗山讥秦少游云："有情芍药含春泪，无力蔷薇卧晚枝。拈出昌黎'山石'句，方知渠是女郎诗。"此论大谬。芍药、蔷薇，原近女郎，不近山石；二者不可相提而并论。诗题各有境界，各有宜称。杜少陵诗，光焰万丈，然而"香雾云鬟湿，清辉玉臂寒"，"分飞蛱蝶原相逐，并蒂芙蓉本是双"；韩退之诗，横空盘硬语，然"银烛未销窗送曙，金钗半醉坐添春"，又何尝不是女郎诗耶？《东山》诗："其新孔嘉，其旧如之何？"周公大圣人，亦且善谑。

【译文】

元好问讥笑秦少游说："有情的芍药含着春泪，无力的蔷薇卧着晚枝。拈出韩愈《山石》里的句子，才知道你的诗出自女人之手。"这个观点大错特错。芍药、蔷薇，原本接近女郎，不接近山石，二者不可相提并论，诗题各有各的境界，各有各的宜称。杜少陵的诗，光焰万丈，然而也写有"香雾缭绕着湿湿的黑发，清辉照着玉一样的长臂"、"纷飞的蝴蝶原本互相追逐，并蒂的芙蓉原本成双成对"；韩退之的诗，出口语气很硬，然而也写有"银烛还未燃尽，窗户已透出曙光，美女喝醉酒坐在那里增添了春色"。这些诗句又何尝不像出自女人之手呢？《东山》诗说："他赞赏新的，对旧的又如何呢？"周公大圣人，也善于开玩笑。

四七、作诗六疾

抱韩、杜以凌人，而粗脚笨手者，谓之权门托足。仿王、孟以矜高，而半吞半吐者，谓之贫贱骄人。开口言盛唐及好用古人韵者，谓之木偶演戏。故意走宋人冷径者，谓之乞儿搬家。好叠韵、次韵①，刺刺②不休者，谓之村婆絮谈。一字一句，自注来历者，谓之古董开店。

【注释】

① 叠韵：写诗重用前韵。亦称"次韵"、"和韵"。次韵：和人的词并依照原诗用韵的次序。

② 刺刺：多话的样子。

【译文】

利用韩愈、杜甫的名声凌驾在别人之上，自己却粗脚笨手，这叫作依仗权贵门第来走路；模仿王维、孟浩然来显示自己清高，但说话吞吞吐吐的人，是贫困低贱的骄人。张口就说盛唐以及用古人韵的现象，称为木偶演戏。故意走宋朝人冷僻路子的现象，称作乞丐搬家。喜欢叠韵次韵，喋喋不休的，称为村妇唠叨。一字一句，都注明来历的现象，称为开古董店。

四八、古体与近体

作古体诗，极迟不过两日，可得佳构；作近体诗，或竟十日不成一首。何也？盖古体地位宽余，可使才气卷轴；而近体之妙，须不着一字，自得风流；天籁不来，人力亦无如何。今人动轻近体，而重古风，盖于此道，未得甘苦者也。叶庶子书山曰："子言固然，然人功未极，则天籁亦无因而至。虽云天籁，亦须从人功求之。"知言哉！

【译文】

作古体诗，最迟不过两日，便可得到好的构思；作近体诗，有人十天都写不成一首，这是什么原因呢？大概是因为古体诗要求宽余，可以使才气发挥，而近体诗的妙处，在于不多用一个字，就自得风流。灵感不来，使尽人力也没有办法。现在的人动辄轻视近体诗而重视古体诗，大概是因为他们还没有体会到其中的甘苦。叶书山说："你所说的虽然有道理，但人们所花功夫没有达到极点，那么灵感也不会无缘无故地来。虽然说写诗靠灵感，但也必须从人力中求得。"这话有道理啊！

四九、诗家各有所宜

诗人家数甚多，不可硁硁^①然域一先生之言，自以为是，而妄薄前人。须知王、孟清幽，岂可施诸边塞？杜、韩排奡^②，未便播之管弦。沈、宋庄重，到山野则俗。卢仝险怪，登庙堂则野。

韦、柳隽逸，不宜长篇。苏、黄瘦硬，短于言情。悱恻芬芳，非温、李、冬郎不可。属词比事，非元、白、梅村不可。古人各成一家，业已^③传名而去。后人不得不兼综条贯，相题行事。虽才力笔性，各有所宜，未容勉强；然宁藏拙而不为则可，若护其所短，而反讥人之所长，则不可。所谓以宫笑角，以白诋青者，谓之陋儒。范蔚宗云："人识同体之善，而忘异量之美，此大病也。"蒋苕生太史《题随园集》云："古来只此笔数枝，怪哉公以一手持。"余虽不能当^④此言，而私心窃向往之。

【注释】

① 硁硁（kēng）：击石声。形容浅薄固执。

② 㩘（ào）：矫健。

③ 业已：已经。

④ 当：适应，与之相称。

【译文】

诗家派别很多，不可以局限于一家的言论、自以为是、狂妄地鄙薄前人。应该知道，王维、孟浩然的诗清古幽远，怎么可以用于边塞诗？杜甫、韩愈的诗清脆悠扬，但未必就适合用管弦传唱。沈佺期、宋之问的诗庄重典雅，但用到山野就显得俗气。卢仝的诗险峻怪异，进入庙堂就显得粗野。韦庄、柳永的诗隽逸，不适宜写长篇。苏轼、黄庭坚的诗瘦硬，不擅长抒情。缠绵悱恻的意境非温庭筠、李商隐不可。用词来叙事，非元稹、白居易不可。古人各成一家，名声已经传播开来。后来的人不得不兼容综合他们各自的优点，依题目行事。虽然存在才能和风格上的差异，但各有所长，没有必要勉强自己学习他人。宁肯藏拙、不勉强模仿是可以的，假若掩护自己的短处，而讥讽他人的长处，就不行了。所说的以宫韵笑角韵，以白色诋毁青色的人，被称为浅陋的儒士。范蔚宗说："人们认识到同类物体的好处，而忘记了不同事物的美，就是大毛病啊。"蒋苕生太史《题随园集》上说："自古以来，这样的笔都只有几支，奇怪您怎么用一只手就把它们全拿下了。"这句话所说的情况虽然不适合我，但我心里暗暗向往。

五〇、古诗各有祖述^①

古人门户虽各自标新，亦各有所祖述。如《玉台新咏》、温、李、西昆得力于《风》者也。李、杜排奡，得力于《雅》者也。韩、孟奇崛，得力于《颂》者也。李贺、卢仝之险怪，得力于《离骚》《天问》《大招》者也。元、白七古长篇，得力于初唐四子；而四子又得之于庾子山及《孔雀东南飞》诸乐府者也。今人一见文字艰险，便以为文体不正。不知"载鬼一车"，"上帝板板"，已见于《毛诗》《周易》矣。

【注释】

① 祖述：效法前人的行为或学说。

【译文】

古时诗人派别虽各自标新立异，但也各自有所继承。如《玉台新咏》、温庭筠、李商隐、西昆诗派，得力于《风》。李白、杜甫诗风矫健，得力于《雅》。韩愈、孟浩然诗风奇崛，得力于《颂》。李贺、卢仝诗风险怪，得力于《离骚》《天问》《大招》。元稹、白居易的七古长篇，得力于初唐四杰。而四杰又得力于庾信及《孔雀东南飞》等乐府诗。现在的人一看见文字艰险的诗，就以为文体不正。殊不知"载鬼一车"和"上帝板板"在《毛诗》《周易》里就可见到了。

五一、诗的朴淡与巧浓

诗宜朴不宜巧，然必须大巧之朴；诗宜淡不宜浓，然必须浓后之淡。譬如大贵人，功成宦就，散发解簪，便是名士风流。若少年纨袴①，遽为此态，便当笞②责。富家雕金琢玉，别有规模③；然后竹几藤床，非村夫贫相。

【注释】

① 纨袴：纨绮，古代贵族子弟的华美衣着。

② 笞：鞭打。

③ 规模：气度。

【译文】

诗歌应该追求朴实而不是巧妙，然而必须于朴实无华中见大巧妙。诗歌应该淡雅而不应该浓艳，然而必须是浓艳之后显出的淡雅。就好比大富大贵之人，在他建立了功名、做了大官之后，便散开头发、解下簪子，这时显示出的就是名士风流。假若纨绮子弟也作这种姿态，就应当遭到鞭打责备。富贵之家，雕金琢玉，非常气派。若再摆上竹制藤床，显出的就不是村夫的贫穷景象。

五二、评牡丹诗

牡丹诗最难出色，唐人"国色朝酣酒，天香夜染衣"之句，不如"嫩畏人看损，娇疑日炙消"之写神也。其他如："应为价高人不问，恰缘香甚蝶难亲。"别有寄托。"买栽池馆疑无地，看到子孙能几家。"别有感慨。宋人云："要看一尺春风面。"
俗矣！本朝沙斗初云："艳薄严妆常自重，明明薄醉要人扶。"
裴春台云："一栏并力作春色，百卉甘心奉盛名。"罗江村云："未
必美人多富贵，断无仙子不楼台。"胡稚威云："非徒冠冕三春色，
真使能移一世心。"程鱼门云："能教北地成香界，不负东风是
此花。"此数联，足与古人颉颃[1]。元人《贬牡丹诗》云："枣花
似小能成实，桑叶虽粗解作丝。惟有牡丹如斗大，不成一事又空枝。"
晁无咎《并头牡丹》云："月下故应相伴语，风前各自一般愁。"

【注释】

[1] 颉颃（xié háng）：鸟飞上为颉，飞下为颃，引申为不相上下，互
相抗衡。

【译文】

　　牡丹诗最难写得出色，唐人"国色似乎早晨酒醉未醒，天香夜晚
沾染了衣裳"的句子，比不上"嫩得怕人看一眼便损坏，娇得怀疑太
阳一晒就消失"写得传神。其他如："因为价高没人过问，就像香得
连蝴蝶也难以亲近。"这一句别有一番寄托。"买来栽在池馆中担心
没有适合的地方，能看到的子子孙孙又有几代。"这一句别有一番感慨。
宋朝人说："要看一尺春风面。"这一句就太俗了！本朝的沙斗初说："美
艳浅薄，但经常装扮严整自重，明明没有醉酒却要人搀扶。"裴春台
说："合力展示明媚的春光，百花甘心为它的盛名作出陪衬。"罗江
村说："大多数美人不一定就富贵，从来没有仙子不登上楼台。"胡
稚威说："不只要冠盖三春的景色，真的能使人一世倾心。"程鱼门说：
"能教北方也成为香艳的世界，不辜负东风的正是这种花。"这几联，
足以和古人相抗衡。元朝人写《贬牡丹诗》说："枣花虽小但能结果，
桑叶虽粗但能转化成丝。只有牡丹开得像斗一般大，不能成一事就凋
谢了。"晁无咎《并头牡丹》说："月光下本应相互作伴谈心，东风
吹来各自都有同样的忧愁。"

五三、余好书之癖

余少贫不能买书；然好之颇切，每遇书肆，垂涎翻阅，若价贵不能得，夜辄形诸梦寐。曾作诗曰："塾远愁过市，家贫梦买书。"及作官后，购书万卷，翻不暇读矣。有如少时牙齿坚强，贫不得食；衰年珍羞满前，而齿脱腹果①，不能餍饫②，为可叹也！偶读东坡《李氏山房藏书记》，甚言少时得书之难，后书多而转无人读：正与此意相同。

【注释】

① 腹果：即果腹，吃饱肚子。

② 餍饫（yàn yù）：饱食，饱足。

【译文】

我小的时候十分喜欢书，却因家贫而无法买书。每次经过书店，都垂涎翻阅，假如价格太贵买不起，晚上就连做梦都想着它。我曾作过这样的诗："私塾太远所以害怕路过集市，家里贫穷连作梦都想买书。"等做了官之后，买了许多书，反而没有时间读了。这就好比年少时牙齿坚固，但家穷没东西可吃；年老时面前摆满了山珍海味，却牙齿脱落，不能尽兴大吃，实在是可叹啊！偶尔读苏轼的《李氏山房藏书记》，也大言小时候得书艰难，后来有许多书反而没有人读了，这正和我的情况相同。

五四、庸师妄评真才子

某太史掌教金陵，戒其门人曰："诗须学韩、苏大家；一读温、李，便终身入下流矣。"余笑曰："如温、李方是真才，力量还在韩、苏之上。"太史愕然。余曰："韩、苏官皆尚书、侍郎，力足以传其身后之名。温、李皆末僚贱职，无门生故吏为之推挽；公然名传至今，非其力量尚在韩、苏之上乎？且学温、李者，唐有韩偓，宋有刘筠、杨亿，皆忠清鲠亮之人也。一代名臣，如寇莱公、文潞公、赵清献公，皆西昆诗体，专学温、李者也，得谓之下流乎？"

【译文】

某太史在金陵掌教，告诫他的门人说："写诗必须向韩愈、苏轼这样的大家学习，如果读了温庭筠、李商隐的作品，便终生陷入末流了。"我说："像温庭筠、李商隐这样的人才是真才子，才力还在韩愈、苏轼之上。"太史对此十分惊愕。我说："韩愈、苏轼做官都做到了尚书、侍郎，影响力足以使他们身后传名。温庭筠、李商隐都只当过卑微的小官，没有门生及前任官吏为他们推荐，居然名声流传到今天，难道不是因为他们的才力还在韩、苏之上的缘故吗？而且，学习温、李的人，唐朝有韩偓，宋朝有刘筠、杨亿，他们都是忠义正直、高风亮节的人。一代名臣，像寇莱公、文潞公、赵清献公，都是西昆诗体诗人，他们专门学习温、李，怎么能说温、李的诗属于末流呢？"

五五、小说演义不可入诗

崔念陵进士，诗才极佳。惜有五古一篇，责关公华容道上放曹操一事。此小说演义语也，何可入诗？何屺瞻作札，有"生瑜生亮"之语，被毛西河诮其无稽；终身惭悔。某孝廉作关庙对联，竟有用"秉烛达旦"者。俚俗乃尔，人可不学耶？

崔念陵进士，作诗的才能很好。可惜写有五古诗一篇，是关于责怪关公华容道上放曹操一事的。这是小说演义的题材，怎么可以写入诗歌中呢？何屺瞻作札记，有"生瑜生亮"的话，被毛西河讥笑为无稽之谈，以至终生惭愧后悔。某位孝廉为关公庙作对联，竟然用有"秉烛达旦"的话。俚俗到这种程度，难道人们应该学习吗？

卷 六

五六、评王荆公

王荆公作文，落笔便古；王荆公论诗，开口便错。何也？文忌平衍，而公天性拗执，故琢句选词，迥不犹人；诗贵温柔，而公性情刻酷，故凿险缒幽，自堕魔障。其平生最得意句云："青山扪虱坐，黄鸟挟书眠。"余以为首句是乞儿向阳，次句是村童逃学。然荆公恰有佳句，如："近无船舫犹闻笛，远有楼台只见灯。"可谓生平杰作矣。

【译文】

王安石写散文，落笔便古朴劲健；王安石评诗，开口便错。为什么这么说呢？文章忌讳平铺直叙、重复啰唆，而王安石天性执拗，因此遣词造句，反复斟酌，与他人明显不同；诗歌贵在温柔敦厚，而他性情刻板固执，因此追求冷僻险峻，自陷其中，走火入魔。他平生最得意的诗句为："幽幽青山，我傍山闲坐，逮捉身上的虱子；黄鸟鸣叫，我挟着书卷，卧地而眠。"我认为首句描写的是乞丐在晒太阳的情景，次句描写的是村童逃学时的情景。然而王安石偏偏也有好诗句，例如，"近旁没有船只，却能听到悠扬的笛声，远处的楼房亭台却看不清，只见星星点点的一片灯。"这可算得上是他一生中最杰出的诗句了。

五七、明七子鹦鹉学舌

七律始于盛唐，如国家缔造之初，宫室粗备，故不过树立架子，创建规模；而其中之洞房曲室①，绷户罘罳②，尚未齐备。至中、晚而始备，至宋、元而愈出愈奇。明七子不知此理，空想挟天子以临诸侯：于是空架虽立，而诸妙尽捐。淮南子曰："鹦鹉能言，而不能得其所以言。"

崇文国学普及文库

【注释】

① 洞房曲室：深邃曲折的内室。

② 纲户：关键的门窗。罘罳（fú sī）：宫门外的屏风，上刻云气、虫兽，镂空可透视，也作"浮思"、"桴思"。

【译文】

　　七律从盛唐时开始出现，就像是国家建立初期，宫室粗略具备，所以不过像刚立好了架子，造好了外形，而其中深邃曲折的内室还没有建齐备。到中、晚唐才开始完备，到宋朝、元朝就更加神奇。明七子不知道其中的道理，空想挟天子以令诸侯，于是空架子虽然搭好，但其中的各种妙处全部损失掉了。淮南子说过："鹦鹉虽然能说话，却不知道自己说的是什么。"

五八、妓女始于何时

　　人问："妓女始于何时？"余云："三代以上，民衣食足而礼教明，焉得有妓女？惟春秋时，卫使妇人饮南宫万以酒，醉而缚之。此妇人当是妓女之滥觞。不然，焉有良家女而肯陪人饮酒乎？若管仲之女闾①三百，越王使罢女为士缝衽②，固其后焉者矣。"戴敬咸进士，过邯郸，见店壁题云："妖姬从古说丛台，一曲琵琶酒一杯。若使桑麻真蔽野，肯行多露夜深来？"用意深厚，惜忘其姓名。

【注释】

① 闾：古代民间基层组织，二十五家为闾。

② 衽：衣襟。

【译文】

　　有人问："妓女是什么时候开始出现的？"我说："三皇时期，人民衣食丰足而礼教严明，哪能有妓女？只有在春秋时期，卫国派一女人给南宫万敬酒，等他喝醉后将他绑起来。这女人应当是妓女出现的源头。不然的话，哪有良家妇女肯陪别人喝酒的呢？至于管仲设置女闾三百个，越王让女俘为战士缝衣服，这都是以后的事情。"戴敬咸进士路过邯郸的时候，看见一店题诗说："妖姬从古说丛台，一曲琵琶酒一杯。若使桑麻真蔽野，肯行多露夜深来。"用意深厚，可惜忘记了作者的姓名。

五九、写景与言情

　　凡作诗，写景易，言情难，何也？景从外来，目之所触，留心便得；情从心出，非有一种芬芳悱恻之怀，便不能哀感顽艳。然亦各人性之所近：杜甫长于言情，太白不能也。永叔长于言情，子瞻不能也。王介甫、曾子固偶作小歌词，读者笑倒，亦天性少情之故。

【译文】

　　大凡作诗，写景容易，言情困难，这是什么原因呢？风景来自于身外，目光所到之处，只要留心观察就可获取；情是从心灵深处流出，没有一种缠绵悱恻的情怀，就不能写出哀伤婉约的诗。然而这也是每个人的性格所决定的。杜甫擅长言情，李白这方面就不行；欧阳修擅长言情，苏轼这方面就不行；王安石、曾巩偶尔作作词曲，令读者笑倒，这也是因为他们天生缺少悱恻情感的原因。

六〇、好诗有好韵

欲作佳诗，先选好韵。凡其音涉哑滞者、晦僻者，便宜弃舍。"葩"即"花"也，而"葩"字不亮；"芳"即"香"也，而"芳"字不响。以此类推，不一而足。宋、唐之分，亦从此起。李、杜大家，不用僻韵，非不能用，乃不屑用也。昌黎斗险，掇《唐韵》而拉杂砌之，不过一时游戏。如僧家作盂兰会，偶一布施穷鬼耳。然亦止于古体，联句为之。今人效尤务博，竟有用之于近体者。是犹奏雅乐而杂侏儒，坐华堂而宴乞丐也，不已颠乎！

【译文】

想要作好诗，首先要选择好韵。凡是哑滞、晦涩、怪僻的音韵，就应当弃舍。"葩"韵就是"花"韵，但是"葩"字韵不响亮；"芳"韵就是"香"韵，但"芳"字韵不响亮。以此类推，不一而足。宋诗与唐诗的区别也是从这一点开始。李白、杜甫这样的大家，不用怪僻的音韵，不是不能用，而是不屑于用。韩愈喜欢用险韵，选取《唐韵》中一些怪韵杂乱堆砌，不过是一时的游戏之作，只限于古体诗与联句之中。这就好比是和尚开展盂兰会，偶尔布施一下穷人罢了。现在的人学着这么做，以追求博学，竟然有人将它们用之于近体诗中。这好像是在演奏雅乐时听众中杂坐有侏儒，坐在华丽的厅堂来宴请乞丐，岂不是颠倒错乱！

六一、词章与考据

王梦楼云:"词章之学,见之易尽,搜之无穷。今聪明才学之士,往往薄视诗文,遁而穷经注史。不知彼所能者,皆词章之皮面耳。未吸神髓,故易于决舍;如果深造有得,必愁日短心长,孜孜不及,焉有余功,旁求考据乎?"予以为君言是也。然人才力各有所宜,要在一纵一横而已。郑、马主纵,崔、蔡主横,断难兼得。余尝考古官制,捡搜群书,不过两月之久,偶作一诗,觉神思滞塞,亦欲于故纸堆中求之。方悟著作与考订两家,鸿沟界限,非亲历不知。或问:"两家孰优?"曰:"天下先有著作,而后有书,有书而后有考据。著述始于三代六经,考据始于汉、唐注疏。考其先后,知所优劣矣。著作如水,自为江海;考据如火,必附柴薪。'作者之谓圣',词章是也;'述者之谓明',考据是也。"

【译文】

王梦楼说:"有关词章方面的学问,从表面看没有多少,但搜寻起来却无穷无尽。如今那些聪明而有才学的人,往往轻视诗文,躲藏起来把精力投向研究经书注释史料。他们不知道自己所会的只是词章的皮毛而已,没有汲取精髓,因而轻易作出取舍;如果研究得很深透,必然为日子太短而心中想做的事很多而发愁,孜孜不倦致力于此犹嫌不够,哪里有闲工夫另寻考据呢?"我认为他的话有道理。但是人的才力各有所适,区别只在一纵一横而已。郑、马主攻纵,崔、蔡主攻横,实在是很难做到两个方面都能兼顾到的。我曾考证查核古代官制,检索查寻群书,也只不过是两个月的时间,而偶然想作一首诗,却觉得神思滞塞,不能通畅,也想从故纸堆中找到合适的句子。这才醒悟作诗与考据两家的鸿沟与界限,不是亲身经历不会明白。有人问:"著作与考据两家哪个好？"我回答说："世界上先有著作堆积，然后有书籍，有了书籍之后才出现考据。著书立说是从三代时的六经开始出现的，而考据则从汉代、唐代注疏开始的。明白了两者出现的先后顺序，就可以知道两者的优劣。著作就像水，可以自己汇成江海；而考据则像火，必须依靠柴薪才能继续燃烧。'著书立说的人可以称为才智非凡的人'说的是词章；'解说作注的人可以称为聪明通晓的人'说的是考据。"

六二、一诗一典故

怀古诗，乃一时兴会所触，不比山经地志，以详核为佳。近见某太史《洛阳怀古》四首，将洛下故事，搜括无遗，竟有一首中，使事至七八者。编凑拖沓，茫然不知作者意在何处。因告之曰："古人怀古，只指一人一事而言，如少陵之《咏怀古迹》：一首武侯，一首昭君，两不相羼①也。刘梦得《金陵怀古》，只咏王濬楼船一事，而后四句，全是空描。当时白太傅谓其'已探骊珠，所余鳞甲无用。'真知言哉！不然，金陵典故，岂王濬一事？而刘公胸中，岂止晓此一典耶？"

【注释】

① 相羼（chàn）：相互掺和。羼，羊杂处在一起。

【译文】

怀古诗是一时触动灵感、兴致所至而作，与山经地志的详细考据不同，近来看到某太史的四首《洛阳怀古》诗，将有关洛阳的典故全部搜罗，没有遗漏，以至有一首诗中，使用典故竟达七八处之多。它们拼凑编撰在一块儿，拖沓呆滞，令读者心中茫然，不知作者用意何在。

于是我告诉他说："古人写怀古之诗，只是以一人一事而发感慨以写情怀，如杜甫的《咏怀古迹》，一首是写武侯诸葛亮的，一首是写王昭君的，两者互不掺杂。刘禹锡的《金陵怀古》，只咏王濬楼船一件事，而后面四句，都是简单描绘。当时白居易说他'已得精妙之处，所剩部分都是细枝末节。'说得真是极其精辟！若不是这样，那金陵典故又何止王濬一事？而刘禹锡胸中，岂止知晓这一个典故！"

六三、诗不可分唐宋

诗分唐、宋，至今人犹恪守。不知诗者，人之性情；唐、宋者，帝王之国号。人之性情，岂因国号而转移哉？亦犹道者、人人共由之路，而宋儒必以道统自居，谓宋以前直至孟子，此外无一人知道者。吾谁欺？欺天乎？七子以盛唐自命，谓唐以后无诗；即宋儒习气语。倘有好事者，学其附会，则宋、元、明三朝，亦何尝无初、盛、中、晚之可分乎？节外生枝，顷刻一波又起。《庄子》曰："辩生于末学。"此之谓也。

【译文】

诗分为唐诗、宋诗，到现在人们还恪守这种分法。他们不知道诗是人性情的展现；唐、宋，是皇帝的国号。人的性情，怎么能因为国号而转移呢？道统之学，是人人共同可以研究的学问，但宋儒以道统自居，说宋代以前直到孟子，没有一个知道的。欺骗谁啊？欺骗天吗？七子自称得到了盛唐诗的真谛，说唐代以后没有诗，这就是宋儒的习惯语气。倘若有好事的人，学他们穿凿附会，那么宋、元、明三个朝代，又何尝没有初、盛、中、晚期的分别呢？节外生枝，不久又会掀起一阵风波。《庄子》说："辩论产生于琐碎的小学问中。"就是说的这种情况。

六四、八股与作诗

时文之学，有害于诗；而暗中消息，又有一贯之理。余案头置某公诗一册，其人负重名；郭运青侍讲来，读之，引手横截于五七字之间，曰："诗虽工，气脉不贯。其人殆不能时文者耶？"余曰："是也。"郭甚喜，自夸眼力之高。后与程鱼门论及之，程亦韪①其言。余曰："古韩、柳、欧、苏，俱非为时文者，何以诗皆流贯？"程曰："韩、柳、欧、苏所为策论应试之文，即今之时文也。不曾从事于此，则心不细，而脉不清。"余曰："然则今之工于时文而不能诗者，何故？"程曰："庄子有言：'仁义者，先王之蘧庐②也；可以一宿，而不可以久处也。'今之时文之谓也。"

【注释】

① 韪：是，对。

② 蘧（qú）庐：旅舍。

【译文】

学习现在流行的八股文文风对作诗有害；但是他们暗含的规律又能朴素贯通。我的案头上放着某公诗集一本，这个人有很大的诗名。郭运青侍讲来到这里，读了后，把手横截在第五和第七字之间，说："诗虽然工整，但气脉不连贯。这个人大概不能作八股文吧？"我说："是这样。"郭很高兴，夸自己眼力高明。后来与程鱼门论及此事，程也认为他的话有道理。我说："古之韩愈、柳宗元、欧阳修、苏轼，都不是写八股文的，为何作诗都流畅贯通呢？"程说："他们所作的策论应试文章，就是今天的八股文。不曾从事于八股文，就会心思不细致，脉络不清晰。"我说："然而今天却有精通八股文却不会作诗的人，为什么？"程说："庄子说过：'仁义，就像先王的旅舍，可以进去过夜，但不能长久居住。'这就是说的今天的八股文啊。"

卷
七

六五、诗之指点语

诗有现前指点语最佳。香树尚书《题红叶》云："一夜流传霜信遍，早衰多是出头枝。"程鱼门《观打渔》云："旁人束手休相怪，空网由来撒最多。"张哲士《观弈》云："笑渠敛手推枰后，始羡从旁拢袖人。"

宋人诗云："无事闭门防俗客，爱闲能有几人来。"哲士《月夜》云："恐有闲人能见访，满庭凉影未关门。"两意相反，而皆有味。

【译文】

诗歌中有对当前事物进行评论的语句，这是最好的。香树尚书的《题红叶》说："一夜的霜遍及了整个大地，那些早早衰败的大多是出头的枝叶。"程鱼门《观打渔》说："旁人袖手旁观不要见怪，从来撒得最多的都是空网。"张哲士《观弈》说："笑他推棋收手而去之后，才开始羡慕那在一旁看下棋的人。"

宋朝人有诗说："没事时关紧门以提防那些俗气的客人，真正喜欢清闲的人又会与多少人来往呢？"哲士的《月夜》说："担心有清闲之人来访，满院都是清凉的树影不用关门。"两诗的意思相反，但都饶有风趣。

六六、四解露筋祠

七夕，牛郎、织女双星渡河，此不过"月桂"、"日乌"、"乘槎"、"化蝶"之类，妄言妄听，作点缀词章用耳。近见蒋苕生作诗，力辨其诬，殊觉无谓。尝谓之云："譬如赞美人'秀色可餐'，君必争'人肉吃不得'，算不得聪明也。"高邮露筋祠，说部书有四解：或云："鹿筋，梁地名也；有鹿为蚊所啮，露筋而死，故名。"或云："路金者，人名也；五代时将军，战死于此，故名。"或云："有远商二人，分金于此，一人忿争不已，一人悉以赠之，其人大惭，置金路上而去。后人义之，以其金为之立祠，故名路金，讹为露泾。"所云"姑嫂避蚊"者，乃俗传一说耳。近见云松观察诗，极褒贞女之贞，而痛贬失节之妇，笨与苕生同。不如孙豹人有句云："黄昏仍独自，白鸟近如何？"李少鹤有句云："湖上天仍暮，门前草自春。"与阮亭"门外野风开白莲"之句，同为高雅。

【译文】

七夕那天，牛郎、织女渡过银河，这和"月桂"、"日乌"、"乘槎"、"化蝶"一类，都是姑妄说说，姑妄听听，只是用来点缀词章罢了。近来见蒋苕生作诗，极力辩驳这些事虚妄，觉得很没有必要。我曾对他说："譬如称赞美人'秀色可餐'，您一定会争执说'人肉吃不得'，这算不得聪明呀。"有关高邮的露筋祠，在解说书中有四种注解。有的说："鹿筋，是梁地地名；因为有一只鹿被蚊子所咬，露出筋骨而死，因此有这样的名字。"有的说："路金，是人名，五代时的将军，在这个地方战死了，因此有这个名字。"有的说："有远道而来的二位商人，在这里分金子，一个人争抢不已，另一人把自己的一份全给了他，这人十分惭愧，将金子放在路上走了。后人认为他很仗义，用他的金子为他立了个祠，因此取祠名为路金，错传为露泾。"所谓的"姑嫂避蚊"一说，是民间的一种传说。最近见云松观察的诗歌，极力褒扬贞节女子，而痛贬失节的女人，笨得和蒋苕生一样。不如孙豹人有诗句说："黄昏时仍独自一人，问白鸟近来怎么样了？"李少鹤有句诗说："湖面上天空仍然昏暗，门前的草已经绿了。"与阮亭"门外的野风吹开了白莲"的句子，同样十分高雅。

六七、选诗的标准

选诗如用人才，门户须宽，采取须严。能知派别之所由，则自然宽矣。能知精彩之所在，则自然严矣。余论诗似宽实严，尝口号云："声凭宫徵都须脆，味尽酸咸只要鲜。"

【译文】

选诗如同使用人才，对其出身的要求一定要宽容，但采录一定要严格。能够知晓诗派的由来，对门户的要求就自然放宽了；能够知晓精彩所在的地方，采录就自然严格了。我评诗看似宽容实则严格，曾号称说："声音只要凭借宫徵都一定清脆，味道只要新鲜，不一定非要酸味、咸味。"

六八、无意传名情真切

《三百篇》不著姓名，盖其人直写怀抱，无意于传名，所以真切可爱。今作诗，有意要人知，有学问，有章法，有师承，于是真意少而繁文多。予按：《三百篇》有姓名可考者，惟家父之《南山》，寺人孟子之《萋菲》，尹吉甫之《崧高》，鲁奚斯之《閟宫》而已。此外，皆不知何人秉笔。

【译文】

《三百篇》不注明作者姓名，大概是作者直抒胸臆，对于传名没有兴趣，所以这些诗真切可爱。现在的人作诗，有意让人知晓，加上他们有学问，讲究章法，并各自有师承，于是注入诗作中的真情实感少，而繁复的文字多。依我看，《三百篇》中有作者可考的篇目，只有家父的《南山》，寺人孟子的《萋菲》，尹吉甫的《崧高》，鲁奚斯的《閟宫》罢了。除这些外，其他篇目都不知道是谁执笔写的。

六九、上天造人

或言八股文体制，出于唐人试帖，累人已甚。梅式庵曰："不然。天欲成就一文人、一儒者，都非偶然。试观古文人如欧、苏、韩、柳，儒者如周、程、张、朱，谁非少年科甲哉？盖使之先得出身，以捐弃其俗学，而后乃有全力以攻实学。试观诸公应试之文，都不甚佳，晚年得力于学之后，方始不凡。不然，彼方终日用心于五言八韵、对策三条，岂足以传世哉？就中晚登科第者，只归熙甫一人。然古文虽工，终不脱时文气息，而且终身不能为诗，亦累于俗学之一证。"

【译文】

有人说八股文的体例，出自唐朝人的试帖，毁人已经很深重了。梅式庵说："不是这样。上天想成就一个文人、一名儒学家，都不是偶然的事。试看古代像欧阳修、苏轼、韩愈、柳宗元这样的文人，像周敦颐、程颐、张载、朱熹这样的儒学家，谁不是少年时就科举及第呢？也许让他们首先获得了地位，他们就会抛弃以前的俗学，并全力以赴地攻克实实在在的学问。试看各位应试时的文章，都不太好，晚年经过学习，文章才开始不同凡响。倘若他们终日用心于五言八韵、对策三条，哪能具有流传后世的学问呢？论及中晚年考中科举而能传世的贤人，只有归熙甫一人。然而他虽然古文写得好，始终不能脱离时下八股文的气息，而且终生不能作诗，也是被俗学所害的一个例子。"

七〇、铸造得文理

余尝铸香炉，合金、银、铜三品而火化焉。炉成后，金与银化，银与铜化，两物可合为一；惟金与铜，则各自凝结，如君子小人不相入也。因之，有悟于诗文之理。八家之文，三唐之诗，金、银也，不搀和铜、锡，所以品贵。宋、元以后之诗文，则金、银、铜、锡，无所不搀，字面欠雅驯，遂为耳食①者所摈，并其本质之金、银而薄之，可惜也！余《哭鄂文端公》云："魂依大袷②归天庙。"程梦湘争云："'袷'字入礼不入诗。"余虽一时不能易，而心颇折服。

【注释】

① 耳食：比喻不假思索，轻信所闻。

② 袷（jié）：古代朝服、祭服的交领。

【译文】

我曾经让人铸造一个香炉，合金、银、铜三种金属火化而成。香炉铸成后，金与银化在一起，银与铜化在一起。只有金与铜，却各自凝结，像君子与小人互不相容一样。因此，我在诗文道理上有所领悟。唐宋八大家的文章，初、中、晚唐的诗歌，就是金与银一样，未搀和铜、锡，所以珍贵。宋、元以后的诗文，却是金、银、铜、锡无所不搀，字面不够雅致，于是被一些轻信的人所摈弃，连其中所含的金、银也遭到鄙视，真是可惜呀！我在《哭鄂文端公》中写道："魂魄依附大裕回到了天朝。"程梦湘争辩说："'裕'字能进入礼仪，但不能进入诗歌。"我虽然一时不能更改，但心里被他所折服。

七一、无题与有题

无题之诗，天籁也；有题之诗，人籁也。天籁易工，人籁难工。《三百篇》《古诗十九首》，皆无题之作，后人取其诗中首面之一二字为题，遂独绝千古。汉、魏以下，有题方有诗，性情渐漓。至唐人有五言八韵之试帖，限以格律，而性情愈远。且有"赋得"等名目，以诗为诗，犹之以水洗水，更无意味。从此，诗之道每况愈下矣。余幼有句云："花如有子非真色，诗到无题是化工。"略见大意。

【译文】

没有题目的诗作，是上天发出的声音；有题目的诗作，是人发出的声音。上天发出的声音容易工整，人发出的声音难以工整。《三百篇》《古诗十九首》，都是无题之作，后人取诗中前面一二个字作题目，于是流传千古，独一无二。自汉、魏以来，有诗题才有诗，而诗中的性情渐渐疏离。到唐代有人作五言八韵的试帖，用格律加以限制，因而诗中的性情更加远离。并有"赋得"等名目，用诗作诗，就好比用水来洗水，更加没有意味。作诗的真谛每况愈下。我小时候写过一句诗说："花如有子非真色，诗到无题是化工。"从这句诗中大略可见我的观点。

七二、诗歌的妙处

东坡云："作诗必此诗，定知非诗人。"此言最妙。然须知作此诗而竟不是此诗，则尤非诗人矣。其妙处总在旁见侧出，吸取题神，不是此诗，恰是此诗。古梅花诗佳者多矣。冯钝吟云："羡他清绝西溪水，才得冰开便照君。"真前人所未有。余《咏芦花》诗，颇刻划矣。刘霞裳云："知否杨花翻羡汝，一生从不识春愁。"余不觉失色。金寿门画杏花一枝，题云："香飄红雨上林街，墙内枝从墙外开。惟有杏花真得意，三年又见状元来。"咏梅而思至于冰，咏芦花而思至于杨花，咏杏花而思至于状元，皆从天外落想，焉得不佳？

【译文】

苏东坡说过："一作诗就是这首诗，就知道这人不是诗人。"这句话说得很好。但是要知道作这首诗竟然作出的不是这首诗，则更不是诗人啊。诗的妙处在于主题总在旁侧显现，看着不像这首诗，其实恰恰是这首诗。古代梅花诗写得好的很多，冯钝吟说："羡慕西溪水清绝无双，冰刚刚融化就见它盛开。"这是前人所未有的。我的《咏芦花》诗，十分像他的这一首。刘霞裳说："知不知道杨花反而十分羡慕你，一生不知道什么叫春愁。"我不觉失色。金寿门画杏花一枝，旁边题诗说："上林街上红雨飘落马蹄生香，树枝从墙内伸到墙外并开出了花。只有杏花十分得意，三年后又看到状元郎回来。"由咏梅想到冰，由咏芦花想到杨花，由咏杏花而想到状元，都是从极高处落笔，又怎能不是好诗呢？

七三、诗贵真切

诗难其真也，有性情而后真；否则敷衍成文矣。诗难其雅也，有学问而后雅；否则俚鄙率意矣。太白斗酒诗百篇，东坡嬉笑怒骂，皆成文章，不过一时兴到语，不可以词害意。若认以为真，则两家之集，宜塞破屋子；而何以仅存若干？且可精选者，亦不过十之五六。人安得恃才而自放乎？惟糜惟芑①，美谷也，而必加舂揄扬簸之功；赤堇②之铜，良金也，而必加千辟万灌之铸。

【注释】

① 芑（qǐ）：一种谷类植物。

② 堇：纯正。

【译文】

作诗很难做到真切感人，必须先有真情实感然后才能达到真切，否则只能敷衍成文；作诗很难做到淡雅，必须先具备渊博的学问才能达到淡雅的境地，否则诗就会粗俗不堪。李白喝酒一斗写成百篇诗歌，苏轼的嬉笑怒骂都可写成文章，这些都不过是一时兴致到来时所得的语句，不能因选词而损害了意境。若引以为真，那么他们二人的文集，最好扔到破屋子里去，为何反而存下来这么多呢？而且可以精选出来的，也不过十分之五六。人怎么可以倚仗才能而放任自己呢？糜和芑都是美味的粮食，但也必须加以舂捣和扬簸；纯正的铜，相当于上好的金子，但必须加以千锤百炼。

七四、诗歌不宜分期精雕细刻

论诗区别唐、宋，判分中、晚，余雅^①不喜。尝举盛唐贺知章《咏柳》云："不知细叶谁裁出，二月春风似剪刀。"初唐张谓之《安乐公主山庄》诗："灵泉巧凿天孙^②锦，孝笋能抽帝女枝。"皆雕刻极矣，得不谓之中、晚乎？杜少陵之"影遭碧水潜勾引，风妒红花却倒吹"；"老妻画纸为棋局，稚子敲针作钓钩"，琐碎极矣，得不谓之宋诗乎？不特此也，施肩吾《古乐府》云："三更风作切梦刀，万转愁成绕肠线。"如此雕刻，恰在晚唐以前。耳食者不知出处，必以为宋、元最后之诗。

【注释】

① 雅：平素，向来。

② 天孙：植物的再生或蘖生者。

【译文】

谈到诗歌就区分唐诗、宋诗，并分为中期、晚期，我向来不喜欢这样。我曾经列举盛唐贺知章的《咏柳》："不知道这细细的绿叶是谁裁剪出来的，原来是二月的春风，它就像那锋利的剪刀。"初唐张谓之《安乐公主山庄》："灵泉巧妙地凿出自然天成的锦绣画卷，孝顺的竹笋也能抽出金枝玉叶。"这些诗句都极其雕饰，难道不像是出自中唐、晚唐？杜甫的"影子受到碧绿清水的勾引，风儿嫉妒红花便将它吹倒"，"老迈的妻子用纸画出棋盘，年幼的孩子敲针作钓鱼钩"，琐碎到了极点，难道不像是宋诗吗？不仅如此，施肩吾《古乐府》："半夜三更吹起大风，就像是切断好梦的利刃，万般的愁绪就像是缠绕肠子的丝线。"如此雕饰，恰恰产生于晚唐之前。轻信的人不知出处，一定以为是宋、元后期的作品。

七五、杜甫的随兴诗

余雅不喜杜少陵《秋兴》八首，而世间耳食者，往往赞叹，奉为标准。不知少陵海涵地负之才，其佳处未易窥测；此八首，不过一时兴到语耳，非其至者也。如曰"一系"，曰"两开"，曰"还泛泛"，曰"故飞飞"；习气大重，毫无意义。即如韩昌黎之"蔓涎角出缩，树啄头敲铿"，此与《一夕话》之"蛙翻白出阔，蚓死紫之长"何殊。今人将此学韩、杜，便入魔障。有学究言："人能行《论语》一句，便是圣人。"有纨绔子笑曰："我已力行三句，恐未是圣人。"问之，乃"食不厌精，脍不厌细，狐貉之厚以居"也。闻者大笑。

【译文】

我一直不喜欢杜甫的《秋兴》八首，但那些轻信的人往往赞叹它，并将之奉为标准。他们不知道杜甫有很大的才气，他的好处不容易窥测。这八首诗，不过是一时兴致所致随口而出，并不是最好的。比如说，诗中用有"一系"、"两开"、"还泛泛"、"故飞飞"，这些词语表现出了太重的习气，毫无意义。好像韩愈的"蔓涎角出缩，树啄头敲铿"，这与《一夕话》中的"蛙翻白出阔，蚓死紫之长"有什么不同？现在的人将这些东西当作学韩愈、杜甫的标准，这就走火入魔了。有学究说："谁能够按《论语》中的一句来行事，便是圣人。"有纨绔子弟笑着说："我已按三句做了，恐怕还不是圣人。"问他是哪三句，他说是"食不厌精，脍不厌细，狐貉之厚以居"。听者大笑。

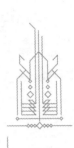

卷

八

七六、戒滥评

西崖先生云："诗话作而诗亡。"余尝不解其说，后读《渔隐丛话》，而叹宋人之诗可存，宋人之话可废也。皮光业诗云："行人折柳和轻絮，飞燕含泥带落花。"诗佳矣。裴光约訾之曰："柳当有絮，燕或无泥。"唐人："姑苏城外寒山寺，夜半钟声到客船。"诗佳矣。欧公讥其夜半无钟声。作诗话者，又历举其夜半之钟，以证实之。如此论诗，使人夭阏性灵，塞断机括，岂非"诗话作而诗亡"哉？或赞杜诗之妙。一经生曰："'浊醪谁造汝？一醉散千愁。'酒是杜康所造，而杜甫不知；安得谓之诗人哉？"痴人说梦，势必至此。

西崖先生说："诗评兴盛时诗歌就衰亡了。"我曾经对这种说法不理解，后来读了《渔隐丛话》，因而感叹宋朝人的诗歌值得保存，宋朝人的诗评应该废除。皮光业（皮日休之子）有句诗说："行人折下柳枝荡起轻轻的柳絮，飞翔的燕子口中衔着的春泥也沾上了落花。"这诗好啊！裴光约却指责说："柳当然有絮，但是燕子可能口中没有含泥。"唐代人有诗："姑苏城外寒山寺，夜半钟声到客船。"这诗好啊！欧阳修却讥笑说夜半没有钟声。作诗歌评论的人又举例夜半的钟声，以考证此事。如此评论诗歌，使人阻塞了性灵，埋没了智慧，这难道不是"诗评兴盛，诗歌衰亡"吗？有人称赞杜甫诗歌的美妙。一位书生却说："'浊醪谁造汝？一醉散千愁。'酒是杜康所造，而杜甫不知道，又怎么称得上是诗人呢？"痴人说梦，势必会荒唐到这么一种田地。

七七、评诗谶^①

诗谶从古有之。宋徽宗《咏金芝生》诗，曰："定知金帝来为主，不待春风便发生。"已兆靖康之祸。后蜀主孟昶《题桃符贴寝宫》云："新年纳余庆，嘉节号长春。"后太祖灭蜀，遣吕余庆知成都。王阳明擒宸濠，勒石庐山，有"嘉靖我邦国"五字。亡何，世宗即位，国号嘉靖。扬州城内有康山，俗传康对山曾读书其处，故名。康熙间，朱竹垞游康山，有"有约江春到"之句。今康山主人颖长方伯^②，修葺其地，极一时之盛，姓江，名春：亦一奇矣！

【注释】

① 谶（chèn）：预测吉凶的隐语、图记。

② 方伯：泛指地方长官。

【译文】

作诗对将来的事进行预言在古代就有了。宋徽宗有《咏金芝生》诗说："定知金帝来为主，不待春风便发生。"已预知有靖康之祸。后蜀主孟昶也在《题桃符贴寝宫》里说道："新年纳余庆，嘉节号长春。"后来太祖灭了蜀，派遣吕余庆来把守成都。王阳明擒获宸濠，在庐山刻了一块石碑，写有"嘉靖我邦国"五个字。没过多久世宗即位，把国号改为嘉靖。扬州城内有康山，民间传说康对山曾在这里读书，因此命名。康熙年间，朱竹垞游康山，曾写有"有约江春到"的句子，现在的康山主人颖长长官，把这里治理得很好，一时呈现出繁盛的景象，这位主人姓江，名春，这也是一件令人惊奇的事情啊！

七八、描诗容易作诗难

士大夫宦成之后，读破万卷，往往幼时所习之《四书》《五经》，都不省^①记。癸未召试时，吴竹屿、程鱼门、严冬友诸公毕集随园。余偶言及《四书》有韵者，如《孟子》"师行而粮食"一段，五人背至"方命虐民"之下，都不省记。冬友自撰一句足之，彼此疑其不类，急翻书看，乃"饮食若流"四字也。一座大笑。外甥王家骏有句云："因留僧话通吟偈，为课儿功熟旧书。"甥多佳句，如"乍见波微白，方知月骤明"，"一编如好友，宜近不宜疏"，"衣因乱叠痕常绉，书为频翻卷不齐"，"宿云似幕能遮月，细雨如烟不损花"，"停足恰逢曾识寺，入门先问旧交僧"，"曲引急流归远港，微删密叶显新花"，"伏枕苦吟无好句，描诗容易做诗难。"皆有放翁风味。

【注释】

① 省：记，记忆。

【译文】

士大夫当官之后，已读万卷之书，但往往记不起年幼时所读的《四书》《五经》了。癸未年召试时，吴竹屿、程鱼门、严冬友等先生聚集到随园。我偶尔说到《四书》中有韵的篇目，如《孟子》"师行而粮食"一段，五人背到"方命虐民"之后就都不记得了。冬友自己编了一句结尾，大家都怀疑不像，急忙翻开书本看，是"饮食若流"四个字。在座各位都大笑。我外甥王家骏有诗说："因为留下僧人一道谈禅，结果温习的却都是小时候所学的功课和旧书。"

外甥有很多好的诗句，如"刚看到波浪呈现一片微白，才知道是

月亮突然亮了起来"，"书卷就像好朋友，应该亲近不应该疏远"，
"衣服因为胡乱折叠而生出许多褶皱，书本因为常常翻阅页面都不整
齐了"，"晚上的云朵像幕布能遮蔽月亮，细雨像烟雾不会损伤花儿"，
"停下脚步刚好遇到了曾经熟悉的寺庙，一进门首先就问询旧日交好
的僧友"，"曲曲折折的急流回到远方的港口，稍微删除一些太过浓
密的叶子露出刚开的花朵"，"伏在枕头上苦苦吟咏好的诗句，才发
觉描诗容易作诗难"。这些都有陆游的风格。

七九、诗之用意与下语

《漫斋语录》曰："诗用意要精深，下语要平淡。"余爱其
言，每作一诗，往往改至三五日，或过时而又改。何也？求其精深，
是一半工夫；求其平淡，又是一半工夫。非精深不能超超独先，
非平淡不能人人领解。朱子曰："梅圣俞诗，不是平淡，乃是枯
槁。"何也？欠精深故也。郭功甫曰："黄山谷诗，费许多气力，
为是甚底？"何也？欠平淡故也。有汪孝廉以诗投余。余不解其佳。
汪曰："某诗须传五百年后，方有人知。"余笑曰："人人不解，
五日难传；何由传到五百年耶？"

【译文】

《漫斋语录》上说："作诗用意要精深，用语要平淡。"我很喜
欢这个说法，每作完一首诗，往往改三五天才好，或者过一阵再改。
为什么？求诗意上的精深，是一半功夫；求语言上的平淡，又是一半
功夫。不精深不能超越其他而独自占先，不平淡不能让人人都理解体
会。朱熹说："梅圣俞的诗，不是平淡，而是枯槁。"为什么？因为
欠缺精深。郭功甫说："黄山谷的诗，费了许多气力，说的是什么？"

为什么？欠缺平淡的原因。有个叫汪孝廉的人投诗给我，我不知道这诗有什么好处。汪说："我的诗必须传到五百年后才有人知道。"我笑着说："人人都不能理解，五天都难传下去，凭什么能传到五百年以后呢？"

八〇、看题行诗

严沧浪借禅喻诗，所谓"羚羊挂角，香象渡河，有神韵可味，无迹象可寻"，此说甚是。然不过诗中一格耳。阮亭奉为至论，冯钝吟笑为谬谈；皆非知诗者。诗不必首首如是，亦不可不知此种境界。如作近体短章，不是半吞半吐，超超元箸[①]，断不能得弦外之音，甘余之味。沧浪之言，如何可诋？若作七古长篇、五言百韵，即以禅喻，自当天魔献舞，花雨弥空，虽造八万四千宝塔，不为多也，又何能一羊一象，显渡河、挂角之小神通哉？总在相题行事，能放能收，方称作手。

【注释】

① 超超：卓越的样子。元箸：十分明显。元，大。箸，通"著"，
   明显。

【译文】

严羽借禅来比喻诗歌，他说诗就如"羚羊挂角，香象渡河，有神韵可味，无迹象可寻"，这种说法很有道理。然而这不过是诗中的一种风格罢了。阮亭却将这奉为真理，冯钝吟讥笑它为谬论。他们都不是真正理解诗歌的人。诗歌不必每一首都是这样，但也不可以不了解这种境界。例如作近体短章，不是半吞半吐，超凡脱俗，是万万不能得到弦外之音、甘余之味的。严羽的话怎么可以指责呢？假如作七古

长篇、五言百韵，用禅比喻，应当是天魔献舞，花雨弥漫整个天空，即便造八万四千宝塔，也不为多，又何止是一羊一象来表演渡河、挂角这样的小神通呢？总之，要依诗题行事，能够放得开收得住，才称得上是作诗的能手。

八一、不可苛论古人

余雅^①不喜苛论古人。阮亭骂杜甫无耻，以其上明皇《西岳赋表》云："惟岳授陛下元弼，克生司空。"指杨国忠故也。不知表奏体裁，君相并美，非有心阿附。况国忠乱国之迹，日后始昭。当初相时，杜甫微臣，难遽斥为奸佞。即如上哥舒翰诗，亦极推尊，安能逆料其将来有潼关之败哉？韩昌黎《赠郑尚书序》，郑权也；颜真卿《争坐位帖》，与郭英义也：本传皆非正人，而两贤颇加推奉，行文体制，不得不然。宋人訾陆放翁为韩侂胄作记，以为党奸；魏叔子责谢叠山作《却聘书》，以伯夷自比，是以殷纣比宋：皆属吹毛之论。孔子"与上大夫言，訚訚^②如也"，所谓"上大夫"者，独非季桓子、叔孙武叔一辈^③人乎？

【注释】

① 雅：平素，向来。

② 訚訚（yín）：争辩的样子。

③ 辈：类。

【译文】

我向来不喜欢苛求古人。王阮亭因为杜甫上书唐明皇的《西岳赋表》上说："是华山送给陛下辅佐大臣，来克生司空。"而骂他无耻，这首诗中的"大臣"是指的杨国忠。阮亭不知道表奏的体裁要求君王和宰相互相赞美，杜甫并不是有心阿谀奉承。更何况杨国忠乱国的劣迹日后才被发现。当初他做宰相的时候，杜甫只是个小官，难以斥责他为奸佞。就像他上哥舒翰的诗，也极力推崇他，哪能料到他将来会有在潼关的大败呢？韩愈写有《赠郑尚书序》，推崇郑权；颜真卿写有《争坐位帖》，送给郭英义。他们在本传里都不是正人君子，而两位贤人却颇推崇他们，这是文章体裁的要求，不得不这样。宋朝人指责陆游为韩侂胄写传记，认为他是党奸；魏叔子指责谢叠山作《却聘书》，把伯夷比作自己，而以殷纣比作宋朝。这都是属于吹毛求疵的言论。孔子所说的"与上大夫谈话，争论不休"，这里所说的上大夫，难道不就是季桓子、叔孙武叔这类人吗？

八二、诗句平浅而意味深长

诗有极平浅，而意味深长者。桐城张徵士若驹《五月九日舟中偶成》云："水窗晴掩日光高，河上风寒正长潮。忽忽梦回忆家事，女儿生日是今朝。"此诗真是天籁。然把"女"字换一"男"字，便不成诗。此中消息，口不能言。

【译文】

诗有写得极其平易浅显但意味深长的。桐城张若驹徵士的《五月九日舟中偶成》写道："水窗晴掩日光高，河上风寒正长潮。忽忽梦回忆家事，女儿生日是今朝。"这首诗真上天之作。然而把"女"字换成一个"男"字，就不成诗了。这中间的奥妙，不是用嘴能说出的。

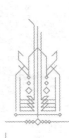

卷
九

八三、布衣诗人朱草衣

白下布衣朱草衣，少时有"破楼僧打夕阳钟"之句，因之得名。晚年无子，卒后葬清凉山。余为书"清故诗人朱草衣先生之墓"，勒石坟前。余宰溧水，蒙见赠云："叠为花县一江分，来往惟携两袖云。待客酒从朝起设，告天香每夜来焚。自惭龙尾非名士，肯把猪肝累使君？却喜循良人说遍，填渠塞巷尽传闻。"《郊外》云："乱鸦多在野，深树不藏村。"《与客夜集》云："羁身同海国，归梦各家乡。"《大观亭》云："长江围地白，老树隔朝青。"《晚行》云："土人防虎门书字，水屋叉鱼树有灯。"《赠某侍御》云："朝罢官袍多质库，时清谏纸尽抄书。"

【译文】

白下有一个百姓朱草衣，小时候曾写过"破楼僧打夕阳钟"的诗句，并因此而出了名。他晚年没有儿子，死后埋在清凉山上。我为他写了"清故诗人朱草衣先生之墓"，刻在坟前的石头上。我在溧水做官时，他赠诗说："一江把县城分成了两个部分，你到来和离开这里只带着两袖清云。款待客人的酒早上就要准备，祈祷上天的香每夜都要烧，自惭自己是龙的尾巴不是名士，怎能把自己不像样的诗文给你看？高兴的是善良的人都在传说，满街满城都有关于你的传闻。"《郊外》说："乌鸦大多在野外，深深的树林中没有村庄。"《与客夜集》说："把个人的一切都献给了国家，梦里才回到各自的家乡。"《大观亭》说："长江冲得周围的土地发白，隔年的老树又发绿枝。"《晚行》说："当地人为了防御老虎而在门上写字，在水边借着树上的灯的亮光来叉鱼。"《赠某侍御》说："上完朝官服大都放入仓库中，不时清点出上谏的用纸都用来抄写书本。"

八四、天分高者心虚

刘霞裳与余论诗曰："天分高之人，其心必虚，肯受人讥弹。"余谓非独诗也；钟鼓虚故受考①，笙竽虚故成音。试看诸葛武侯之集思广益，勤求启诲，此老是何等天分？孔子入太庙，每事问。颜子以能问于不能，以多问于寡。非谦也，天分高，故心虚也。

【注释】

① 考：敲，击。

【译文】

刘霞裳和我讨论诗的时候说："天分高的人，他的内心一定谦虚，肯接受别人的讥笑。"我说，不仅仅是诗人才这样，钟鼓空所以耐敲击，笙竽空所以奏出音乐。请看诸葛亮，他集思广益，勤学好问，这位老者是何等的有天分！孔子进了天子的祖庙，遇到每件事都要向人请教；颜渊向不能发问的人发问，向懂得少的人发问。这些并不是因为谦虚，而是因为天分高，所以心怀宽广。

八五、谶语诗

余《哭鄂制府虚亭死节》诗，云："男儿欲报君恩重，死到沙场是善终。"乙酉，天子南巡，傅文忠公向庄滋圃新参诵此二句，曰："我不料袁某才人，竟有此心胸。闻系公同年，我欲见之，希转告之。"余虽不能往谒，而心中知己之感，恻恻不忘。第念平生诗颇多，公何以独爱此二句？后公往缅甸，受瘴得病归，薨。

方知一时感触，未尝非谶云。

鄂公拈香清凉山，过随园门外，指示人曰："风景殊佳，恐此中人，必为山林所误。"有告余者，余不解所谓。后见宋人《题吕仙》一绝曰："觅官千里赴神京，得遇钟离盖便倾。未必无心唐社稷，金丹一粒误先生。"方悟鄂公"误"字之意。

【译文】

我写的《哭鄂制府虚亭死节》诗中说："男儿想要报答皇上的重恩，能死在战场上就是善终。"乙酉年，皇上到南方巡视，傅文忠公向庄滋圃新参读这二句诗，说："我没有想到袁枚一个才子，竟还有这样的心胸。听说他和你是同年，我想见见他，希望你能转告。"我虽然不能前去拜访，但心中那种遇到知己的感动，却始终不能忘记。想我平生的诗作很多，傅公为什么单单喜欢这两句呢？后来傅公前往缅甸，受了瘴气得病回来，很快就死了。才知道那一时的感触，竟然成了预言了。

鄂公在清凉山上拈香，路过随园门外，指着随园对别人说："风景这么好，恐怕住在园中的人，要被风景所误。"有人把鄂公的话告诉我，我不懂他的意思。后来见到宋人写的《题吕仙》一绝说："为了求官而不远千里赶往京都，路上遇到汉钟离便为之倾倒。不是不想为大唐的社稷操心，只因为一粒金丹耽误了先生啊。"我才明白鄂公所说"误"字的意思。

八六、秀才清诗

尹望山相公，四督江南，诸公子随任未久，多仕于朝。惟似村以秀才故不当差，常侍膝下，诗才清绝。余骈体序中，已备言之。

犹记其订余往过云："清谈相订菊花期，正慰幽怀入梦时。空谷传书鸿屡至，闲庭扫径仆先知。关心尚忆他乡客，因病翻添数首诗。闻道芒鞋将我过，倚阑只恨月圆迟。"《绚春园》云："莫唤池边贪睡犬，隔林恐有看花人。"乙酉别去，庚子八月，忽奉太夫人就芜湖观察两峰之养，重过随园。见和云："迎人鸡犬闲如旧，满架琴书卖欲无。"《临别》云："故人垂老别，归舫任风移。退一步来想，斯游本不期。"似村，名庆兰。

【译文】

尹望山相公，四次督察江南，他的几位公子随任不久，便都去朝中做官。只有似村是秀才身份，所以不当差，经常陪伴在尹公身边，诗才清新绝妙。我在骈体文的序中，已详细说过了。还记得他订日期约我过去说："相约在菊花开的时候清谈，正好在幽静的时候做梦。鸿雁传书书信顷刻就到了，我打扫庭院翘首以待。牵挂在外地的客人，因为有病反而写了好几首诗。听说你要脚穿芒鞋来看我，我倚着栏杆只恨月亮圆得太慢了。"《绚春园》说："不要叫醒池边贪睡的狗，隔着树林恐怕有看花的人。"乙酉年离别后，庚子年八月，似村忽然奉送太夫人去芜湖观察两峰处养老，又路过随园。他和诗说："迎人的鸡犬悠闲和过去一样，满架的琴书都快卖完了。"写《临别》诗说："故人告老而去，归去的船任风吹拂。退一步来想，这次出游本来就没有相约。"似村，名庆兰。

八七、成人之美

宰江宁时，有南乡钱贡甫之子某，买张某妻陈氏为妾，得价后，屡诈不遂，遂来控官。余召讯之。钱烧窑，张为其采煤者也，貌如石炭，妻嫣然窈窕。钱美少年，能诗。余意天然佳偶，欲配合之，而格于例，乃发官媒，免其笞。有役某素黠，探知官意，密授钱计，仍买归焉。钱故乡居，事过后，余不便再问消息。后十余年，余游牛首山，路见鬖鬖者，率三婴儿，捧香伏地。问何人。曰："钱某也。年来妻亡，扶陈氏为正室。此三儿皆其所生。某亦入上元学矣。妻闻公游山，命我来谢。"献诗云："酬恩两个山村雀，含着金环没处寻。绿叶成阴满枝子，费公多少种花心。"

【译文】

我在江宁做县令的时候，有南乡钱贡甫的儿子钱某，买了张某的妻子陈氏做妾。张某得到钱后，屡次欺诈钱某不肯如约，钱某就来告官。我召他们前来审讯。钱某家烧窑，张某是为他家采煤的工人，他貌如石炭，但妻子却很美丽。钱某少年貌美，能够作诗。我认为钱某和张妻是天生的一对，想成全他们，但限于官例，只好派官做媒，免除其鞭打之刑。有个差役平素就很聪明，他探知我的意图后，秘密给钱某出计，要他将陈氏买回去。钱某回到故乡居住，事情过后，我不便再探问他们的消息。十多年后，我游览牛首山，路上看见一个须发很长的人，带着三个小孩子，捧香跪伏地上。问他是谁，他说："是钱某。前几年妻子死了，扶陈氏为正室。这三个小孩都是她所生。我也入上元学了。妻子听说您来这儿游山，叫我前来感谢。"并献诗说："酬恩两个山村雀，含着金环没处寻。绿叶成荫满枝子，费公多少种花心。"

八八、胡女情

康熙庚子，常熟杜昌丁入藏，过澜沧百里，其部落曰估倧，有小女名伦几卑，聪慧明艳，能通汉语。昌丁来往，屡主其家，见辄呼"木瓜呀布"。"木瓜"者，尊称也；"呀布"者，犹言好也。彼此有情。临行，以所挂戒珠作赠，挥泪而别。归语士大夫，咸为怃然。沈子大先生作诗云："估倧小女年十六，生长胡乡服胡服。红帽窄衫小垂手，白毡贴地双趺足。汉家天子抚穷边，门前节使纷蝉联。慧性早能通汉语，含情何处结微缘。杜郎七尺青云士，仗剑辞家报知己。匹马翩翩去复回，暂借估倧息行李。解鞍入户诧嫣然，万里归心一笑宽。笑迎板屋藏春暖，絮问游踪念夏寒。自言去日曾相见，君自无心妾自怜。妾心如月常临汉，君意如云欲返山。私语闲将番字教，烹茶知厌酪浆膻。两意绸缪俄十日，谁言十日是千年。留君不住归东土，恨无双翼随君举。聊解胸前玛瑙珠，将泪和珠亲赠与。一珠一念是妾心，百回不断珠中缕。尘起如烟马如电，珠在君怀君不见。黄河东流黑水西，脉脉空悬情一线。"

【译文】

康熙庚子年间，常熟杜昌丁到西藏去，过澜沧百里之后，到了一个叫估倧的部落，那里有一个少女名叫伦几卑，她聪明漂亮，能讲汉语。昌丁来来往往，就住在她家，见了她就叫"木瓜呀布"。"木瓜"是尊称，"呀布"是好的意思。两人彼此有情有义，昌丁临走的时候，伦几卑用身上挂的戒珠作赠物，挥泪告别。昌丁回来告诉士大夫们，大家都为他感慨难过。沈子大先生写诗说："估倧小女年方十六，生长在少数民族从小穿民族服装。她头戴红帽身穿窄衫，长着一双柔软的小手，双脚穿着白色的鞋子。汉家天子安抚边疆，门前的汉人使节纷纷过往。她性情聪慧早就学会了汉语，含情脉脉到哪里去结姻缘。杜郎堂堂七尺男儿，仗剑离家报答知己。一人骑马翩翩来回走，暂住在估倧族存放行李。解鞍进门总有她嫣然相迎，万里同心一笑欢欣。笑着迎进木板屋，顿时感到春天般的温暖，仔细地询问游历行踪，挂念冷暖。自已说会有一天再相见，你是无心我却记在心底。我的心就像明月一样照着你住的地方，而你的心意就像云彩一样终究要返回山里。私下说闲来教你番语，烹茶时知道你不爱闻山羊的膻味。两人情意绵绵地只过了十天，谁能说十天像千年。留不住你，你终究要回东边，恨自己没双翅追随着你。只能解下胸前挂的玛瑙珠，将眼泪混着珠子都送给你。一颗明珠一份思念都是我的心意，千折百回也不断珠中的连线。飞尘如烟马如闪电，珠子在你怀里你却已经消失在远方。黄河东流黑水西流，脉脉之情只能靠一条线来系牵。"

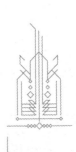

卷
十

八九、茗湄诗

"关防"二字，见《隋书·酷吏传》，原非作官者之美名。故余知江宁时，记室史正义茗湄，时出狎游，予爱其才，而不禁也。其《南归留别得青字》云："浪迹深惭水上萍，漫劳今夜饯邮亭。鬓从久客无多绿，灯入离筵分外青。海国归帆随候雁，天涯知己剩晨星。何时载得兰陵酒，重向红桥共醉醒。"又曰："酒沽双屐雨，人坐一庭烟。"

【译文】

"关防"二字，参见《隋书·酷吏传》，原来并不是做官人的美称。因此在我做江宁知县的时候，记室官吏史正义（字茗湄），经常外出与妓女游玩，我因爱惜他的才气而没有禁止他。他的《南归留别得青字》一诗说："浪迹天涯时感到自己是水上的浮萍，麻烦你今夜在邮亭为我送行。我的头发因为长年在外奔波而过早变白了，灯光照在离别的筵席上显得十分清幽。在海外扬帆随大雁而去，天涯知己就像拂晓时的星辰一样少。不知什么时候还有兰陵美酒，能够重新回到红桥与你同醉醒。"他又写诗说："下雨天穿着木屐出去打酒，坐在庭院中看云烟袅袅。"

九〇、学问之道

学问之道，《四子书》如户牖[1]，《九经》如厅堂，《十七史》如正寝，杂史如东西两厢，注疏如枢臬[2]，类书如橱柜，说部如庖湢井湮^③，诸子百家诗文词如书舍花园。厅堂正寝，可以合宾，书舍花园，可以娱神。今之博通经史而不能为诗者，犹之有厅堂大厦，而无园榭之乐也。能吟诗而不博通经史者，犹之有园榭而无正屋高堂也。是皆不可偏废。

【注释】

① 牖：窗户。

② 枢：门上的转轴。臬（niè）：古代门中央所竖短木，即门闑。

③ 湢（bì）：浴室。湮：储污水的坑池。

【译文】

　　做学问的道理，《四子书》像窗户，《九经》像厅堂，《十七史》像卧室，杂史像正屋的东西两个厢房，注疏像门闑，类书像橱柜，说部像厨房和浴室储污水的坑池，诸子百家的诗词文章像书房和花园。厅堂和卧室可以接待客人，书房花园可以使人精神愉悦。现在博通经史而不能作诗的人，就好像家中有正屋厅堂而没有花园楼台之愉悦；能吟诗而不能博通经史的人，就好像家中有花园楼台而没有正屋高堂。以上这些都不可偏废。

九一、梁梦善诗

　　梁文庄公弟梦善，字午楼，生富贵家，而娟洁静好，《孟子》所谓"无献子之家者也"。年十五，举于乡，六上春闱，不第，出宰蠡县，非其志也。年过四十而卒。《出都》一首，便觉不祥。其词云："何处人间有雁声，暮云无际且南征。西风禾黍临官道，落日牛羊近古城。生意渐如衰柳尽，浮生只共片帆轻。劳劳踪迹年年是，凄绝天涯此夜情。"《咏熏炉》云："梦去恰疑怀堕月，抱来错认玉为烟。"《饮沈椒园太史家》云："微吟韵许追前辈，中酒身还耐薄寒。"《述怀》云："洗马清羸潘令鬓，外人刚认一愁无。"皆清词丽句，楚楚自怜。亦有壮语，如："出塞不辞三万里，著书须计一千年。"恰不多也。

【译文】

　　梁文庄公弟梦善，字午楼，出生在富贵之家，却性情高洁爱好宁静，是《孟子》所说的那种"无献子的家庭啊"。他十五岁中秀才，六次参加会试，都没有中榜，后出任蠡县县令，这不是他的志向。梁梦善年过四十就死了。他有一首《出都》诗，便让人觉得不祥。其诗说："什么地方有大雁的叫声，傍晚云霞漫天往南移。西风吹着官道边的禾黍，落日下古城边有牛羊在走。生存的意志就像衰柳一样渐渐不行了，人生就像坐船一样四处漂泊。辛劳的踪迹年年如此，凄绝天涯是今夜的情怀。"《咏熏炉》说："梦中好像见到了月亮坠落，抱过来错把玉当成云烟。"《饮沈椒园太史家》说："轻吟诗韵或许可以比得上前辈，喝醉酒的身子耐得住凉凉的寒意。"《述怀》说："洗马收拾行装时我鬓发初白，外人以为我一身轻松没有烦恼。"这些都是清词丽句，楚楚自怜。他也有豪言壮语，如："出塞不惜三万里之遥，写书一定要流传千年。"可惜这类诗句不是太多。

九二、相逢对面不相识

　　真州郑中翰沄，字晴波，新婚北上，《留别闺中》云："来年春到江南岸，杨柳青青莫上楼。"其同年周舍人发春喜诵之。时有陈庶常濂，与周相善，而未识郑。一日公宴处，周、郑俱在，陈忽语周曰："昨闻有人赠内之句，情韵绝佳，当是晚唐人手笔。"

周急叩之。则所称者，即郑诗也。郑闻而愕然。周因指郑示陈曰："此即赋'杨柳青青'之晚唐人矣！"三人大笑。真州程灌夫亦有句云："春风自绿垂杨色，何事羁人怕倚楼？"

【译文】

真州郑沄中翰，字晴波，新婚后去北方，写有《留别闺中》诗："来年春天来到江南时，杨柳青青，你不要登上高楼。"他的同年周发春舍人喜欢吟诵这句诗。当时有一位陈濂庶常，与周发春交情很好，却不认识郑。一日在公家举行的宴会上，周、郑都在，陈忽然对周说："昨天听到一句赠给妻子的诗，情致和韵味十分好，应当是出自晚唐人的手笔。"周急忙追问他是哪一句，他所称赞的原来就是郑沄的诗。郑听后十分吃惊。周因而将郑指给陈看，说："这就是赋'杨柳青青'的晚唐人啊！"三人大笑。真州程灌夫也有一句诗说："春风把杨柳都吹成了绿色，什么事情拖累着人不敢登上高楼？"

九三、兰坡诗

高要令杨国霖兰坡，作吏三十年，两膺卓荐，傲兀不羁。与余相见端江，束修之愧，无日不至。闻余游罗浮归，乞假到鼎湖延候，以诗来迎云："山麓峰峦秀色殊，如何海内姓名无？全凭大雅如椽笔，为我湖山补道书。"（道书：海内洞天二十四，福地三十六，鼎湖不与焉。）"杖履闲从天上来，教人喜极反成猜。飞骑为报湖山桂，不到山门不许开。"及余归时，送至十里外，临别泣下，《口号》云："送公自此止，思公何时已？有泪不轻弹，恐溢端江水。"

　　高要县令杨国霖，字兰坡，做官三十年，很多人都竭力举荐他，但他性格孤傲，不受拘束。杨国霖和我在端江会面，他以学生之礼相见，没有一天不来。听说我游罗浮回来了，他专门请假到鼎湖等候，写诗来迎接我："山麓峰峦秀丽可人，为何在海内却没有名气？全凭你如椽的大雅手笔，为我湖山做宣传。"（道书：海内洞天二十四，福地三十六，鼎湖不在其中。）"拄着拐杖穿着草鞋悠闲地从天而降，教人喜极过后又生了猜疑。骑马飞奔去告诉湖山的桂花，不到山门不许开花。"等到我回来的时候，杨国霖送到十里之外，临别时眼泪流了出来，写《口号》一诗说："就送到这里了，思念你的心情到什么时候才能停止呢？虽说有泪不轻弹，恐怕盛满端江水。"

卷十一

九四、不用冷僻的典故

隐僻之典，作诗文者不可用，而看诗文者不可不知。有人诵明季杨维斗先生诗，曰："'吾宫萝蔔火，咳唾地榆生。'所用何书？"余按，《北史》："魏昭成皇帝所唾处，地皆生榆。""萝蔔火"不知所出。后二十年，阅《洞微志》："齐州有人病狂，梦见红裳女子，引入宫中，歌曰：'五灵楼阁晓玲珑，天府由来是此中。惆怅闷怀言不尽，一丸萝蔔火吾宫。'旁一道士云：'君犯大麦毒也。少女心神，小姑脾神，知萝蔔制面毒，故曰火吾宫。火者，毁也。'狂者醒而食萝蔔，病遂愈。"夏醴谷先生督学楚中，岁试题：《象日以杀舜为事》。有一生文云："象不徒杀之以水，而并杀之以火也。不徒杀之于火，而又杀之以酒也。"幕中阅文者大笑，欲批抹而置之劣等。夏公不可，曰："恐有出处，且看作何对法。"其对比云："舜不得于母，而遂不得于父也；舜虽不得于弟，而幸而有得于妹也。"通篇文亦奇警。夏公改置一等，欲召而问之，而其人已远出矣。

余按：舜妹敤首与舜相得，载《帝王世纪》。祖君彦檄炀帝云："兰陵公主逼幸告终，不图敤首之贤，反蒙齐襄之耻。"是此典六朝人已用之。惟以酒杀舜，不知何出。又十余年，读马骕《绎史》，方知象饮舜以药酒，见刘向《列女传》。

【译文】

生冷隐晦的典故，对于写诗著文的人来说不可以用，而对于看诗文的人来说却不可以不知晓。有人诵读明末杨维斗先生的诗，说："'吾宫萝蔔火，咳唾地榆生'是用了哪本书中的典故？"我在此说明一下，

《北史》中记载："魏昭成皇帝吐唾液之处，地上都长出了榆树。"而"萝葡火"却不知道它的出处。二十年后，我翻阅《洞微志》，上面有"齐州有个人得了疯病，梦中看到一位穿红衣的女子，引他进入一座宫殿之中，并歌唱说：'五灵楼阁晓玲珑，天府由来是此中。惆怅闷怀言不尽，一丸萝葡火吾宫。'旁边有位道士说：'你中了大麦毒，少女是心神，小姑是脾神，知道萝葡能够制成麦毒，因此说火吾宫。火，就是毁的意思。'这位患了疯病的人醒来后食用萝葡，病就好了。"夏醴谷先生在楚中督学时，年试的试题为：舜的后母之子象终日处心积虑要杀掉舜。有一位考生在文章中写道："象先以水来淹杀舜，又用火来烧杀舜。不仅用火来烧杀舜，而且还用酒来毒杀他。"幕中阅卷的人看了不觉大笑，准备将这份试卷放入最差的等级中。夏公不答应，说道："恐怕这篇文章有出处，且看看他是如何做对的。"他的对答是："舜不能得到母亲的爱护，因而也就得不到父亲的爱护；舜虽然不能与弟弟友好相处，却幸而与妹妹关系融洽。"全篇文字也奇特机敏。夏公将它改放于一等之中，想将该考生召来询问，但这人已经出了远门。

我说明一下：舜的妹妹敤首与舜融洽之事载于《帝王世纪》中。祖君彦写檄文讨伐隋炀帝说："兰陵公主最终被逼承幸，没有得到像敤首与兄弟相善的贤名，反而蒙受齐襄兄妹淫乱的耻辱。"这个典故看来六朝时的人已经用了。然而只有以酒毒杀舜之事不知出处何在。又过了十几年，我读马骕的《绎史》，才知道象拿药酒毒害舜这件事，可见于刘向的《列女传》。

九五、忙僧

有僧见阮亭先生，自称应酬之忙，颇以为苦。先生戏云："和尚如此烦扰，何不出家？"闻者大笑。余按：杨诚斋有句云："袈裟未着嫌多事，着了袈裟事更多。"

【译文】

有位僧人拜见阮亭先生，说自己应酬很多，非常烦恼。阮先生开玩笑说："和尚如此烦扰，何不出家？"听到的人大笑。我加一句，杨诚斋也有一句诗说："没穿袈裟时嫌事多，穿了袈裟事情更多。"

九六、关于随园

随园四面无墙，以山势高低，难加砖石故也。每至春秋佳日，士女如云；主人亦听其往来，全无遮拦。惟绿净轩环房二十三间，非相识者，不能遽到。因摘晚唐人诗句作对联云："放鹤去寻三岛客，任人来看四时花。"

【译文】

随园的四面没有围墙，因为山势高高低低，难以砌上砖石。每逢春秋季节的好日子，聚集了如云的士人女子。主人也听任他们来来往往，不做任何遮拦。只有绿净轩的二十三间环房，不是相识的人，不能让他们随便进去。因而摘录晚唐诗句作为对联："放鹤去寻三岛客，任人来看四时花。"

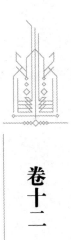

卷十二

九七、诗人笔下出美景

　　人人共有之意，共见之景，一经说出，便妙。盛复初《独寐》云："灯尽见窗影，酒醒闻笛声。"符之恒《湖上》云："漏日松阴薄，摇风花影移。"女子张瑶英《偶成》云："短垣延月早，病弃得秋先。"郑玑尺《雪后游吴山》云："人来饥鸟散，日出冻云升。"顾文炜《立夏》云："病骨先愁暑，残花尚恋春。"女子孙云凤《巫峡道中》云："烟瘴寒云起，滩声骤雨来。"沈大成《登净慈寺》云："花气随双屐，湖光纳一窗。"姜西溟《野行》云："桥攲眠折苇，槛倒坐双凫①。"

【注释】

① 凫（fú）：野鸭。

【译文】

　　每个人都有的想法，每个人都能看见的景色，一经诗人说出来，便觉得美妙。盛复初《独寐》说："灯燃尽的时候看见窗外树影移动，酒醒后听见笛子悠扬的声音。"符之恒《湖上》说："松树树荫很稀薄，太阳光能透射下来，轻风吹拂，花影也跟着招摇。"女子张瑶英的《偶成》说："短墙使月亮早早地照进院子，病叶最早得到秋天的消息。"郑玑尺的《雪后游吴山》说："人一走来，寻食的鸟儿便飞散了；太阳一出来，冻结的云朵便升起来了。"顾文炜的《立夏》说："病中害怕暑气的到来，残花还留恋着春天。"女子孙云凤的《巫峡道中》说："寒云像烟雾一样升起，暴雨像涨潮一样来临。"沈大成的《登净慈寺》说："花的香气随着鞋子舞动，湖光山色从窗户中也能看个够。"姜西溟《野行》说："桥上歪斜地躺着折断的芦苇，倒塌的门槛上坐着一对野鸭。"

九八、笑世间残人

有人画七八瞽者，各执圭、璧、铜、磁、书、画等物，作张口争论状，号《群盲评古图》，其诮世也深矣！刘鸣玉题云："耳聋偏要逢人聒，足跛转喜登山滑。可惜不逢周师达，眼珠个个金篦刮。"

【译文】

有人画七八个瞎子，分别拿着圭、璧、铜、磁、书、画等物，表现出张口争论的样子，称为《群盲评古图》，这幅画讽刺世事太深刻了！刘鸣玉题诗道："耳朵聋了偏偏喋喋不休，脚跛了反而喜欢登山跌跤。可惜没有遇到周师达，眼珠子个个都被金篦刮过。"

九九、为人难

又有人画《牵车图》，将妻子、奴婢、器具、食物，尽放车中，一枯瘦男子，牵长绳背负而走，空中一鬼，持鞭驱之。亦醒世意也。余题云："人世肩头各一担，梅花驮过杏花残。暗中何必长鞭打，就作神仙懒亦难。"

【译文】

又有人画《牵车图》，将妻子、奴婢、器具、食物全放在车中，一枯瘦的男子，牵着长绳负重前行，空中有一个鬼，拿着鞭子驱赶他。这也有警醒世人的意思。我题诗说："人生在世，肩上都有一副担子，开在冬天的梅花，到春天杏花开的时候就消残了。没有必要挥动长鞭驱赶他们前行，这些人就是作了神仙也不易生出偷懒的念头。"

一〇〇、一字显境界

诗改一字，界判人天，非个中人不解。齐己《早梅》云："前村深雪里，昨夜几枝开。"郑谷曰："改'几'为'一'字，方是早梅。"齐乃下拜。某作《御沟》诗曰："此波涵帝泽，无处濯尘缨。"以示皎然。皎然曰："'波'字不佳。"某怒而去。皎然暗书一"中"字在手心待之。须臾，其人狂奔而来，曰："已改'波'字为'中'字矣。"皎然出手心示之，相与大笑。

【译文】

诗改一个字，境界判若天上人间，不是写诗的人不会理解这一点。齐己的《早梅》说："前村深雪里，昨夜几枝开。"郑谷说："要将'几'字改为'一'字，才能突出描写的是早梅。"齐己赶紧下拜称谢。有人作《御沟》诗"此波涵帝泽，无处濯尘缨"给皎然看。皎然说："'波'字不佳。"那人非常生气地走了。皎然暗中写一"中"字在手心等他。不一会儿，那人狂奔而来，说："已改'波'字为'中'字了。"皎然伸出手给他看，俩人相视大笑。

一〇一、一诗感夫归

圣人称诗"可以兴"，以其最易感人也。王孟端友某在都娶妾，而忘其妻。王寄诗云："新花枝胜旧花枝，从此无心念别离。知否秦淮今夜月，有人相对数归期？"其人泣下，即挟妾而归。

【译文】

孔子说诗"可以兴"，这是因为它最容易使人感动。王孟端的朋友某某在京都娶了妾，因而忘记了自己的妻子。王寄诗说："新花枝胜过旧花枝，从此没有心思想念离别的妻子。知否今晚月光下的秦淮河边，有人对着月亮屈指数着丈夫的归期？"这人读后流下了眼泪，马上带着妾回家了。

一〇二、言为心声

尹文端公曰："言者，心之声也。古今来未有心不善而诗能佳者。《三百篇》大半贤人君子之作。溯自西汉苏李五言，下至魏晋六朝唐宋元明，所谓大家名家者，不一而足。何一非有心胸、有性情之君子哉？即其人稍涉诡激，亦不过不矜细行，自损名位而已。从未有阴贼险狠，妨民病国之人。至若唐之苏涣作贼，刘叉攫金，罗虬杀妓；须知此种无赖，诗本不佳，不过附他人以传耳。圣人教人学诗，其效可观矣。"余笑问："曹操如何？"公曰："使操生治世，原是能臣。观其祭乔太尉，赎文姬，颇有性情，宜其诗之佳也。"

【译文】

尹文端公说："言语是内心发出的声音。古往今来没有一个心不善却做得好诗的人。《三百篇》中有一大半由贤人君子所作。向上追溯到西汉苏武、李陵的五言诗，下到魏晋六朝唐宋元明，称得上大家名家的，无一不是如此。这些人哪个不是有心胸、有性情的君子呢？即使他们稍微怪异一些，也只不过是不拘小节、自损名声罢了，从来没有阴险狡诈、祸国殃民的人。至于唐朝的苏涣做贼，刘叉夺金，罗虬杀妓，要知道这种无赖，诗本来就做不好，不过是附会他人传下来罢了。圣人教他人学诗，其效果很明显呀。"我笑着问："那么曹操的诗怎么样？"先生说："假使曹操出生于太平世道，他应该是贤能的臣子。从他祭乔太尉、赎蔡文姬的事情看来，他也是很有性情的人，这与他的诗相吻合。"

一〇三、游仙之梦，斑竹最佳

游仙之梦，斑竹最佳。离天台五十里，四面高山乱滩，青楼二十余家，压山而建。中多女郎，簪山花，浣衣溪口，坐溪石上。与语，了无惊猜，亦不作态，楚楚可人；钗钏之色，耀入烟云，雅有仙意。霞裳悦蒋校书，为留一宿。次日，天未明，披衣而至，云："被四面滩声惊醒。"余赋诗云："茅屋背山起，山峰枕上看。饭香人弛担，梦醒客闻澜。花野得真意，竹多生暮寒。青溪蒋家妹，欢喜遇刘安。"

【译文】

漫游仙境的美梦，长斑竹的地方最好。距离天台五十里的地方，四面都是高山乱滩，青楼二十多家，傍山而建。这里女郎很多，她们头戴山花，在溪边洗衣，坐在溪边的石头上。和她们说话，她们一点也不起惊恐猜疑之心，也不忸怩作态，一个个楚楚动人。她们的头钗手钏的亮色在烟云中闪耀，给人以进入仙境的意味。霞裳喜欢一个姓蒋的女子，所以在那里留宿一晚。第二天，天没亮，他披衣而回，说："被四面的涛声惊醒。"我赋诗一首："茅屋背山起，山峰枕上看。饭香人弛担，梦醒客闻澜。花野得真意，竹多生暮寒。青溪蒋家妹，欢喜遇刘安。"

一〇四、趣雅风俗

温州风俗：新婚有坐筵之礼。余久闻其说。壬寅四月，到永嘉。次日，有王氏娶妇，余往观焉。新妇南面坐，旁设四席，珠翠照耀，分已嫁、未嫁为东、西班。重门洞开，虽素不识面者，听入平视，了无嫌猜。心羡其美，则直前劝酒。女亦答礼。饮毕，回敬来客。其时，向西坐第三位者，貌最佳。余不能饮，不敢前。霞裳欣然揖而醑^①焉。女起立侠^②拜，饮毕，斟酒回敬霞裳，一时忘却，将酒自饮。傧相呼曰："此敬客酒也！"女大惭，嫣然而笑，即手授霞裳。霞裳得沾美人余沥以为荣。大抵所延，皆乡城粲者，不美不请，请亦不肯来也。太守郑公以为非礼，将出示禁之。余曰："礼从宜，事从俗，此亦亡于礼者之礼也。"乃赋《竹枝词》六章，有句云："不是月宫无界限，嫦娥原许万人看。"太守笑曰："且留此陋俗，作先生诗料可也。"诗载集中。

【注释】

① 醑：古代的一种美酒。

② 侠：美好。

【译文】

温州有一个民间风俗：新婚时有坐筵的礼节，这事我早就听说过。壬寅四月，我来到永嘉。第二天，有一户王姓人家娶妻，我前往观看。

新媳妇朝南而坐，旁边设有四个席位，一些珠翠满头、光彩照人的女子，按已嫁或未嫁分坐于东西两侧。一道道门打开了，这些女子听凭任何人端详、注视，没有丝毫避嫌猜疑之心。客人如果倾慕她们的美貌，就会上前敬酒，她们也会回礼。饮完酒后，她们还会回敬来客。当时，朝西坐着的第三位女子，相貌最漂亮，我酒量不佳，不敢上前敬酒。刘霞裳欣然上前，深施一礼，将美酒一饮而尽。女子起立一拜，动作优美。喝完一杯后，满斟一杯酒回敬给他，一时忘情，自己喝下了。傧相赶快大喊道："这是敬给客人的！"那女子很是惭愧，嫣然一笑，马上将杯子递给霞裳。霞裳为能够喝上美人喝剩的酒而荣幸。这所请的大都是乡城中漂亮的女子，不漂亮的就不去请了，请了也不肯来。郑太守认为这种风俗习惯有悖礼仪，想要颁布告示严禁。我说："礼仪要合乎时宜，事情要合乎风俗，这也是礼仪中已消亡的礼仪。"于是我就赋得《竹枝词》六章，其中有一句说："不是月宫无界限，嫦娥原许万人看。"太守笑着说："暂且留住这个习俗，作为先生诗文的素材吧。"这几句诗收集在集子里。

卷十三

一〇五、不与考据家论诗

考据家不可与论诗。或訾余《马嵬》诗曰："'石壕村里夫妻别，泪比长生殿上多。'当日，贵妃不死于长生殿。"余笑曰："白香山《长恨歌》：'峨嵋山下少人行。'明皇幸蜀，何曾路过峨嵋耶？"其人语塞。然太不知考据者，亦不可与论诗。余《钱塘江怀古》云："劝王妙选三千弩，不射江潮射汴河。"或訾之曰："宋室都汴，不可射也。"余笑曰："钱镠射潮时，宋太祖未知生否。其时都汴者何人，何不一考？"

【译文】

不可跟考据家论诗。有考据家指责我的《马嵬》诗曰："'石壕村里夫妻别，泪比长生殿上多。'当时杨贵妃并不是死于长生殿。"我笑着说："白居易的《长恨歌》：'峨嵋山下少人行。'唐明皇去四川，何曾路过峨嵋山呢？"那人无言以对。然而对于那些太不懂得考据的人，也不可与他们论诗。我的《钱塘江怀古》说："劝王妙选三千弩，不射江潮射汴河。"有人指责说："宋朝的都城在汴梁，不可以射呀。"我笑着说："钱镠射钱塘潮时，还不知宋太祖出生没有。那时定都汴京的是哪位，为何不考证一下呢？"

一〇六、古今幕僚

古名士半从幕府出，而今则读书不成，始习幕，此道渐衰。犹之古称秀才，杨素以为惟周、孔可以当之。非若今之读时文诸生也。康熙、雍正间，督抚俱以千金重礼，厚聘名流。一时如张西清、范履渊、潘荆山、岳水轩等，皆名重一时。范诗最清，无从访觅。只记西清《过浔阳》云："浔阳江上客，一岁两经过。去日梅花好，归时枫叶多。橹声摇夜月，帆影落晴波。为向山僧问：尘容添几何？"

【译文】

古代的名士大半从幕府中产生，而现在的名士则是读书没读出成绩，才开始做幕僚的，名士之道渐渐衰弱了。正如古代被称之为秀才的人，杨素认为只有周公、孔子可担当，而不是现在那些读八股的儒生。康熙、雍正年间，督抚都以千金重礼，厚聘名流做自己的幕僚。一时间，像张西清、范履渊、潘荆山、岳水轩等人，名气都很大。范履渊的诗最清新，没法找到。只记得张西清的《过浔阳》诗："我是浔阳江上往来的行人，一年要经过两次。去时梅花开得正好，回来的时候枫叶红了很多。摇船的桨声在夜色中响起，船帆的影子照映在江面上。因而向山僧问询：岁月的烟尘在脸上增添了多少痕迹？"

一〇七、唐诗方言

唐人诗中，往往用方言。杜诗："一昨陪锡杖。""一昨"者，犹言昨日也。王逸少帖："一昨得安西六日书。"晋人已用之矣。太白诗："遮莫枝根长百尺。""遮莫"者，犹言尽教也。干宝《搜神记》："张华以猎犬试狐。狐曰：'遮莫千试万虑，其能为患乎？'"晋人亦用之矣。孟浩然诗："更道明朝不当作，相期共斗管弦来。""不当作"者，犹言先道个不该也。元稹诗："隔是身如梦，频来不为名。"“隔是”者，犹云已如此也。杜牧诗：
"至竟薛亡为底事。"“至竟”者，犹云究竟也。

【译文】

　　唐代人的诗中，往往用方言，杜甫诗："一昨陪锡杖。"“一昨”
就是"昨日"的意思。王逸少的字帖上有："一昨得安西六日书。"
可见晋朝人早已使用过这个词。李白有诗："遮莫枝根长百尺。"“遮
莫"就是"尽教"的意思。干宝《搜神记》中有："张华用猎犬试探
狐狸，狐狸说：‘你尽管想尽办法试探我，我又能造成什么危害呢？’"
这个词晋朝人也使用过。孟浩然有诗："再说明早不当作，相约一同
来比试管弦音乐。"“不当作"是指先说个不该。元稹在诗中说："隔
是好像身处梦境中，频繁地出现并不是为了名利。"“隔是"就像是
说"已经如此"。杜牧的诗中写道："至竟薛君之死是为了什么事情。"“至
竟"就像是说"究竟"啊。

一〇八、一词多解

　　《古乐府》："碧玉破瓜时。"或解以为月事初来，如瓜破
则见红潮者，非也。盖将瓜纵横破之，成二"八"字，作十六岁解也。
段成式诗："犹怜最小分瓜日。"李群玉诗："碧玉初分瓜字年。"
此其证矣。又诗中用"所由"者，盖本《南史·沈炯传》。文帝
留炯曰："当敕所由，相迎尊累。"一解以为州县官，一解以为
里保。又，和凝诗："蟅蟖①领上诃梨子。"人多不解。朱竹垞曰：
"诃梨，妇女之云肩也。"吕种玉《言鲭》云："禄山爪伤杨妃乳，
乃为金诃子以掩之。或云即今之抹胸。"

【注释】

① 蝤蛴（qiú qí）：天牛，桑牛的幼虫。

【译文】

《古乐府》中有这样一句诗："碧玉破瓜时。"有人解释为女子月经初潮，就像西瓜破开后就见到了红色的瓜瓤，这么理解不对。我想大概是指将西瓜横竖切开，成两个"八"字形，解作十六岁的意思。段成式有句诗："犹怜最小分瓜日。"李群玉在诗中说："碧玉初分瓜字年。"这些都是证据。另外诗中用到"所由"一词，大概是源于《南史·沈炯传》。文帝挽留沈炯说："当敕所由，相迎尊累（我会命令地方官，迎接你和随从）。"一种解释是指州官县官，另一种解释是指乡镇里保。此外，和凝在诗中说："蝤蛴领上诃梨子。"人们对此大多不太理解。朱竹垞说："诃梨，是妇女们所佩戴的披肩。"吕种玉在《言鲭》中说："禄山爪伤杨妃乳，乃为金诃子以掩之。'诃'或是指今天所说的抹胸。"

一○九、诗中作料谈

余尝谓鱼门云："世人所以不如古人者，为其胸中书太少。我辈所以不如古人者，为其胸中书太多。昌黎云：'非三代、两汉之书不敢观。'亦即此意。东坡云：'孟襄阳诗非不佳，可惜作料少。'施愚山驳之云：'东坡诗非不佳，可惜作料多。诗如人之眸子，一道灵光，此中着不得金屑，作料岂可在诗中求乎？'予颇是其言。或问：'诗不贵典，何以少陵有读破万卷之说？'不知'破'字与'有神'三字，全是教人读书作文之法。盖破其卷，取其神；非囫囵用其糟粕也。蚕食桑而所吐者丝，非桑也；蜂采花而所酿者蜜，非花也。读书如吃饭，善吃者长精神，不善吃者生痰瘤。"

【译文】

　　我曾经对程鱼门说："现代的人之所以比不上古人，是因为他们胸中所读的书太少。我们这代人之所以比不上古人，是因为胸中所读的书太多。韩愈说：'不是夏商周三代及西汉东汉的书我不敢去阅读。'这话也就是讲的这个意思。苏东坡说过：'孟浩然的诗不是不好，可惜就是其中的典故较少。'施愚山反驳他说：'苏东坡的诗并不是不好，可惜诗中的典故太多。诗像人的眼睛，有如一道灵光，这里面容不得金银，又怎么能在诗中寻求典故作料呢？'我很赞同施愚山的话。有的人也许会问：'诗不以引经据典为好，为什么杜甫还会有读破万卷书，下笔如有神的说法呢？'他是不知道这'破'与'有神'三字，全是在教人如何读书做文章。大概是说读透书卷，汲取其中的精神灵光，而不是要囫囵吞枣连糟粕也一同汲取。蚕吃桑叶吐出来的是丝，而不是桑叶；蜜蜂采花所酿造的是蜜，而不是花。读书就像吃饭，善于吃的人长精神，不善于吃的人生痰瘤。"

一一〇、妙在空灵

　　严冬友曰："凡诗文妙处，全在于空。譬如一室内，人之所游焉息焉者，皆空处也。若窒而塞之，虽金玉满堂，而无安放此身处，又安见富贵之乐耶？钟不空则哑矣，耳不空则聋矣。"范景文《对床录》云："李义山《人日诗》，填砌太多，嚼蜡无味。若其他怀古诸作，排空融化，自出精神。一可以为戒，一可以为法。"

【译文】

严冬友说:"大凡诗文的奇妙之处,都在于空灵。就像一屋子人之所以自由活动和休息,都在于有空间。如果把屋子塞得满满的,即使金玉满堂,但却无处容身,又从哪里能看得出富贵的快乐呢?钟如果不空就会哑,耳如果不空就会聋。"范景文《对床录》说:"李义山《人日诗》,里面的典故材料堆砌太多,味同嚼蜡,索然无味。如果像其他的怀古作品那样,把典故材料排开且融会贯通,自然而然就会使诗文增添神韵。一方面可以作为教训,一方面可以作为经验。"

一一一、三揖学艺

蒋戟门观察招饮,珍馐罗列,忽问余:"曾吃我手制豆腐乎?"曰:"未也。"公即着犊鼻裙,亲赴厨下。良久,擎出,果一切盘餐尽废。因求公赐烹饪法。公命向上三揖,如其言,始口授方。归家试作,宾客咸夸。毛俟园广文调余云:"珍味群推郇令庖,黎祈①尤似易牙调。谁知解组陶元亮,为此曾经三折腰。"

【注释】

① 黎祈:祭祀时用的米。

【译文】

观察官蒋戟门请我去饮酒,酒席上摆满了山珍海味,他突然问我说:"你可曾吃过我亲手烹制的豆腐?"我说:"没有。"他马上穿上牛鼻似的围裙,亲自到厨房烹饪。过了许久,他端一盘豆腐出来,果然餐桌上摆着的其他菜我们都不想再吃了。于是我向蒋戟门求教烹饪豆腐的方法。他让我拱手向上行了三个礼,我照做了,他就开始口授烹饪方法。我回家试着制作,宾客都夸奖。广文官毛俟园开玩笑说:

"做饭的手艺当推郁令，祭祀时用的米好似易牙调制的。谁知道陶渊明解职归来，为学这门手艺还曾经折腰三次。"

一一二、人各有趣

唐太宗云："泥龙竹马，儿童之乐也；翠羽明珠，妇女之乐也。"余亦云："急流勇退，后起有人，士大夫之乐也。"今之人，惟扬州秦西岩先生以观察致仕，子又继入翰林，宜其诗之自然骀宕也。《南庄题壁》云："郭绕村烟水绕堤，数椽屋可托卑栖。百年老树留花坞，二顷荒田杂菜畦。庾信小园枝下上，王珣别墅涧东西。谁云巢、许买山隐，家在城南认旧溪。""策杖登楼眼界宽，邗沟一水迅奔湍。天边漕运梯云上，江外山光带雾看。南北塔高双鹄立，东西桥锁九龙蟠。往来多少风帆急，孤棹①何如斗室安？"

【注释】

① 棹（zhào）：船桨。

【译文】

唐太宗说过："捏泥龙骑竹马，是儿童们的乐趣；穿戴漂亮服饰，是妇女们的乐趣。"我也曾说过："急流勇退，后继有人，这是读书做官的乐趣。"现今的人，只有扬州的秦西岩先生以观察官的身份辞职退休，儿子又继承了他的事业选入翰林院。因此他的诗自然飘逸是在情理之中。他的《南庄题壁》中说："炊烟缭绕村镇，河水围绕堤岸，几间小屋就可作为我的栖身之所，百年的老树下留有一片种花的园地，二顷荒田杂种着几畦青菜。庾信的小园和我家只有一树之隔，王珣的别墅与我家隔涧东西相望。谁说巢父、许由买下深山隐居？他们家就在城南，我仍记得以前流经他们家的小溪。""挂着拐杖登楼远眺，只见远处邗沟中的水流湍急。天边运粮的船只仿佛在云梯漂浮，江外更远处的山色风光看上去就像是烟雾笼罩。一南一北的两座塔高耸入云，东西走向的桥上雕刻着九条盘曲的龙。江面上来来往往的船只，在急流中驶过，哪里比得上我的小屋安宁？"

卷十四

一一三、编辑七病

　　选家选近人之诗，有七病焉；其借此射利①通声气者，无论矣。凡人全集，各有精神，必通观之，方可定去取。倘捃摭②一二，并非其人应选之诗，管窥蠡测③：一病也。《三百篇》中，贞淫正变，无所不包。今就一人见解之小，而欲该④群才之大，于各家门户源流，并未探讨，以己履为式，而削他人之足以就之：二病也。分唐界宋，抱杜尊韩，附会大家门面，而不能判别真伪，采撷精华：三病也。动称纲常名教，箴刺褒讥，以为非有关系者不录；不知赠芍采兰，有何关系？而圣人不删。宋儒责蔡文姬不应登《列女传》；然则《十七史》列传，尽皆龙逄、比干乎？学究条规，令人欲呕：四病也。贪选部头之大，以为每省每郡，必选数人，遂至勉强搜寻，从宽滥录：五病也。或其人才力与作者相隔甚远，而妄为改窜，遂至点金成铁：六病也。徇一己之交情，听他人之求请：七病也。末一条，余作《诗话》，亦不能免。

【注释】

① 射利：追逐财利。

② 捃摭（jùn zhí）：采集、收集。

③ 蠡（lí）测：用葫芦瓢测量海水，比喻见识浅薄，不知高深。

④ 该：具备，包括。

【译文】

　　选家编选近代人的诗歌作品时，常犯七个毛病，那些想借此赚钱扬名的人不包括在内。大凡诗人的全集，都有各自的神韵特色，必须通读纵览，才可确定取舍；倘若从诗人全集中选取的几首诗不是他的代表作，这就好比从竹管中看天、用瓢来量海水，这便是第一个毛病。《诗经》的三百多首诗中，忠于原则、放荡不羁、态度端正、变化多端等多种类型无所不包，如今就凭一个人的短浅见解去审评那众多才子的广博才华，对于各门各派的源流演变，也没有加以探讨，以自己的标准为蓝本，削他人的脚来套它，这就是第二个毛病。将唐诗、宋词截然分开，推崇杜甫或是尊重韩愈，刻意去附会一些诗词大家，而不能判别真假并从中汲取精华，这是第三个毛病。动不动就拿出纲常伦理来，对诗作或劝勉，或褒扬，或讽刺，以为与纲常伦理无关的就不收录。他们不知道，赠送芍药、采摘兰花与此有什么关系。而古代圣人们对这些诗也不加以删除。宋代的儒生指责不应该把蔡文姬列入《列女传》，但在《十七史》的列传中，哪能全部是像关龙逢、比干那样的忠烈之臣呢？这些学究们的条规令人作呕。这就是第四个毛病。贪图编选大部头，认为全国每个省每个郡的诗人都必须选入几个人，以至于勉强搜罗，放宽标准滥录一气，这是第五个毛病。有的编辑，才力与作者相差甚远，却对原诗胡乱修改，以致点金成铁（把一首好诗改成了差诗），这是第六个毛病。为了自己的交情，听任他人的求情而选录，这是第七个毛病。最后这一条，我作《诗话》时，也未能避免。

一一四、诗带桀骜之气者非良士

凡诗带桀骜之气，其人必非良士。张元《咏雪》云："战罢玉龙三百万，败鳞残甲满天飞。"《咏鹰》云："有心待捉月中兔，更向白云高处飞。"韩、范为经略，嫌其投诗自媒，弃而不用。张乃投元昊，为中国患。后岳武穆驻兵之所，江禁甚严。有毛国英者，投诗云："铁锁沉沉截碧江，风旗猎猎驻桅樯。禹门纵使高千尺，放过蛟龙也不妨。"岳公笑曰："此张元辈也。速召见，以礼接之。"

【译文】

　　大凡诗中带有桀骜不驯之气的，作者一定不是什么好人。张元《咏雪》中写道："与三百万玉龙打完仗，只见残败的鳞甲满天飞舞。"《咏鹰》中写道："有人去捉月宫中的玉兔，于是向白云更高处飞升。"当时韩琦、范仲淹为经略使，嫌他呈送的诗自吹自擂，于是没有任用他。张便投靠了西夏的元昊，成为北宋的祸患。后来，在岳飞率兵驻扎的地方，对江面严加封锁，有一个叫毛国英的人前来献诗说："沉重的铁锁将绿色的江面堵截，战船的桅杆上，旌旗在风中猎猎响起。即使是禹门有千尺高，从它上面放下蛟龙也难以冲破严密封锁。"岳飞笑着说："这个人一定是张元一类的人，赶快召见他，对他以礼相待。"

一一五、不可轻七古

　　余常劝作诗者，莫轻作七古。何也？恐力小而任重，如秦武王举鼎，有绝膑之患故也。七古中，长短句尤不可轻作。何也？古乐府音节无定而恰有定，恐康昆仑弹琴，三分琵琶，七分筝弦，全无琴韵，故也。初学诗，当先学古风，次学近体，则其势易。倘先学近体，再学古风，则其势难。犹之学字者，先学楷书，后学行草，亦是一定之法。杭堇浦先生教人多作五排，曰："五排要对仗，不得不用心思。要典雅，不得不观书史。但专作五言八韵之赋得体，则终身无进境矣。"

【译文】

　　我常常劝告作诗的人，不要轻易作七言古诗，什么原因呢？唯恐他们才力不够而任务重大，如同秦武王举鼎，有把膑骨折断的危险。七言古诗中，尤其是长短句不可轻易作，为什么呢？古乐府音节看似无规律，实际上有规律可循。轻易去写，恐怕像康昆仑弹琴，三分像琵琶，七分像筝弦，完全没有琴韵。开始学作诗，应当先学古代的民歌，再学近体诗，这样就容易入手一些。倘若先学近体，再学古代民歌，就难以学成。就好像学写字的人，先学楷书，后学行草，也是一种固定的办法。杭董浦先生教导他人多作五言排律，他说："五言排律要求对仗，不得不用心思。要做到典雅，不得不看书读史。但是只作五言八韵中的赋得体，则一辈子也不会进入佳境。"

一一六、名声之说

有中丞某，自称平生不好名。余戏之曰："人之所以异于禽兽者，以其好名也。孔子曰：'君子去仁，恶乎成名？'又曰：'君子疾没世而名不称焉。'大圣人尚且重名如此，后世人不好名而别有所好；则鄙夫事君，无所不至矣。"屈悔翁云："才子多贪色，神仙不好名。"不如司空表圣曰："名能不朽轻仙骨，理到忘机近佛心。"高东井《赠方子云》曰："从来贫士贪留客，未有庸人解好名。"

【译文】

有某中丞，自称平生不重名声。我开玩笑说："人之所以不同于禽兽，正是因为他们喜好名声。孔子说：'君子摒弃仁义，难道是厌恶成名吗？'又说：'君子最怕人死了却没有名声流传于世。'像孔子这样的大圣人尚且看重名声，后世人不喜好名声而另有所好，就会像卑鄙的人侍奉君主，什么事情都干得出来。"屈悔翁在诗中说道：

"才子们大多好色，神仙不重名声。"这句话不如司空表圣说的："名声能使人不朽于世，以至连神仙都瞧不起，追求真理到了忘记俗事的时候就靠近佛心了。"高东井在《赠方子云》诗中说："穷人向来都爱挽留客人，却没有庸俗的人能够理解为何要喜好名声。"

一一七、作诗能速不能迟亦是病

作诗能速不能迟，亦是才人一病。心余《贺熊涤斋重赴琼林》云："昔着宫袍夸美秀，今披鹤氅①见精神。"余曰："熊公美秀时，君未生，何由知之？赴琼林不披鹤氅也。"心余曰："我明知率笔，然不能再构思。先生何不作以示我？"余唯唯。迟半月，成七绝句，心余以为佳。余乃出篓中废纸示之，曰："已七易稿矣。"心余叹曰："吾今日方知先生吟诗刻苦如是，果然第七回稿胜五六次之稿也。"余因有句云："事从知悔方徵学，诗到能迟转是才。"

【注释】

① 氅（chǎng）：用鸟羽制成的外衣。

【译文】

作诗能写得快而不能写得慢，也是写诗人的一个毛病。心余的《贺熊涤斋重赴琼林》说道："过去穿着官服可称得上秀美，今天披着鹤氅也见精神。"我说："熊公秀美时，你没有出生，怎么知道这些事？赴琼林根本没披鹤氅。"心余说："我明明知道写得有些轻率，然而不能再构思了。先生何不作一首给我看？"我答应了。过了半月，写成了七言绝句，心余认为写得好。我就拿出纸篓里的废纸给他看，说："已经七易其稿了。"心余感叹说："我今天才知道先生作诗如此刻苦，果然第七次写成的稿子比第五次和第六次的要好。"因此我说了这样一句："事情知道后悔才会吸取教训，写诗到了能慢的境地反而显出才气。"

一一八、诗文之道关天分

诗文之道，全关天分。聪颖之人，一指便悟，霞裳初见余时，呈诗十余首。余不忍拂①其意，尽粘壁上。渠亦色喜。遂同游天台，一路唱和，恰无一言及其前所呈诗也。往反两月，霞裳归家，急奔园中，取壁上诗，撕毁摧烧之，对余大笑。余亦戏作桓宣武语曰："可儿！可儿！"

【注释】

① 拂：违逆，不顺。

【译文】

写诗作文的秘诀，完全取决于个人的天分。聪颖的人，一经指点就马上领悟。霞裳初次会见我时，呈上十多首诗。我不忍心扫他的兴致，就将它们全粘贴在墙壁上。他也面露喜色。后来我们一同游览天台，我和他一路上作诗唱和，却没有一句话提及他呈给我的诗。此次出游来去过了两个月，一回家，霞裳急忙跑到园中，将墙壁上的诗取下来，撕烂烧毁了，还对我大笑。我也开玩笑地学着桓宣武的话说："孺子可教！孺子可教！"

一一九、才子尹三郎

尹氏昆季皆能诗，而推三郎两峰为最。一日，文端公退朝，召两峰曰：“今日我惫矣。皇上命和《春雨诗》，我不及作，汝速拟一稿，我明早要带去。”两峰构成送上，公已酣寝。黎明，公盛服将朝，诸公子侍立阶下，两峰惴惴，虑有嗔喝。忽见公向之拱手，曰：“拜服！拜服！不料汝诗大好。”回头呼婢曰：“速煨我所吃莲子，与三哥儿吃。”两峰大喜过望。四公子树斋笑曰：“我今日却又得一诗题。”诸公子问何题。曰：“《见人吃莲子有感》。”（两峰名庆玉。）

【译文】

尹家几个兄弟都能写诗，其中数三子两峰写得最好。一天，文端公退朝后，把两峰叫过去说：“今天我太累了，皇上命我应和《春雨诗》，我来不及作，你快拟一稿，我明天早上带去。”两峰写成送上，文端公已经酣睡。第二天黎明，文端公盛装上朝，各位公子站在台阶上伺候，两峰惴惴不安，担心受到父亲呵责。忽见文端公向他拱手说：“佩服！佩服！想不到你的诗写得这么好。”回头叫唤奴婢说：“赶快把我吃的莲子煨给三儿吃。”两峰大喜过望。四公子树斋笑着说：“我今天却是得到了一个诗题。”诸公子问是什么诗题。他说：“《见人吃莲子有感》。”（两峰名叫庆玉。）

一二〇、少而精

某画《折兰小照》，求题七古。余晓之曰：“兰为幽静之花，七古乃沉雄之作，考钟鼓以享幽人，与题不称。若必以多为贵，则须知米豆千籔①，不若明珠一粒也。刀枪杂弄，不如老僧之寸铁杀人也。世充万言，何如阮咸三语？成王冠，周公使祝雍作祝词曰：

'达而勿多也。'此贵少之证也。若夫谢艾虽繁不可删，王济虽少不能益，则各极其妙，亦在相题行事耳。唐人句云：'药灵丸不大，棋妙子无多。'"或问："如先生言，简固佳乎？"余曰："是又不可以有意为也。宋子京修《唐书》，有意为简，遂硬割字句，几于文理不通。顾宁人摘出数条。余摘百十余条，载《随笔》中。"

【注释】

① 甔（dān）：陶制成的形似坛子的容器。

【译文】

　　某人画了一幅《折兰小照》，请我题一首七言古诗。我向他解释说："兰花是雅致宁静的花，七言古诗是沉毅雄浑的作品，就像用敲击钟鼓来款待性情幽雅的人一样，可以说是文不对题。如果一定要以数量多为贵的话，那么须知即使是一千坛大米也比不上一粒明珠珍贵。把刀和枪混夹着使用，还不如老和尚手中的一根铁针同样可以置人于死地。世充写起文章来数万言，哪里比得上阮咸的三言两语？周成王登基称天王时，周公命祝雍作庆贺词说：'意思通达但不要多写。'这就是少反而贵重的例子。假如谢艾的文章字数虽然繁多但不能再进行删除，王济的文章字数虽少但无法再添加，那么他们的文章各自恰到好处，也在于针对题目而行文的缘故。唐朝人的一首诗说：'药灵验但药丸却不大，棋下得妙却不一定要很多子。'"有人问我说："按照先生所说，文字简少就一定是好文章吗？"我回答说："是这样，但这一点是不可以故意做到的。宋子京在修纂《唐书》时，想把它编得简略些，便生硬地删除字句，几乎导致文字不通顺。顾宁人曾从中摘录过几条，我也摘录了百十条，收藏在《随笔》中。"

一二一、曹子妙答

钱塘令曹江庐明府，有子名一熊，乳名顺生，聪颖异常，有李邺侯、晏元献之风，对客挥毫。《赋秋声》云："西风飒飒日相摧，桐叶飘摇满绿苔。最爱秋霜添逸韵，树中传出一声来。"其时，曹公方逐土娼。客问："娼应逐否？"笑曰："好事者为之也。"客又问："汝想作官否？"曰："要作，又不要作。"问："何也？"曰："学而优则仕，学而不优则不仕。"问："作官可要钱否？"曰："要钱，又不要钱。"问："何也？"曰："取之而燕民悦，则取之；取之而燕民不悦，则不取。"

【译文】

钱塘县令明府曹江庐，有个儿子叫曹一熊，乳名叫顺生，聪颖异常，有李邺侯、晏元献的风范，能当着客人的面挥毫作诗。《赋秋声》诗："西风飒飒秋日相摧，桐叶飘摇满阶绿苔。最爱秋霜平添逸韵，树中传出一声鸟鸣。"当时，曹公正在驱逐当地的土妓。客人问顺生："娼妓应该被驱赶吗？"他笑着说："多管闲事的人才做这种事。"客人又问："你是否想做官？"他回答说："想做，又不想做。"客人问："为什么？"他回答说："学业有所成就做官，学业无所成就不做官。"问："做官是否想要钱？"回答说："要钱，又不要钱。"问："什么原因？"答："获取钱财燕地百姓高兴，就要；获取钱财燕地百姓不高兴，就不要。"

一二二、诗之性情

近见作诗者好作拗语以为古，好填浮词以为富，孟子所谓"终身由之而不知其道"者也。朱竹君学士督学皖江，来山中论诗，与余意合。因自述其序池州太守张芝亭之诗，曰："《三百篇》专主性情。性情有厚薄之分，则诗亦有浅深之别。性情薄者，词深而转浅；性情厚者，词浅而转深。"余道："学士腹笥最富，而何以论诗之清妙若此？"竹君曰："某所论，即诗家唐、宋之所由分也。"因诵芝亭《过望华亭》云："昨夜望华亭，未睹九峰面。肩舆复匆匆，流光如掣电。当境不及探，过后心逾恋。""九叠芙蓉万壑深，登临不到几沉吟。何当直上东峰宿，海月天风夜鼓琴。"又，《江行》云："犬吠人归处，灯移岸转时。"《端阳》云："看人悬艾虎，到处戏龙舟。"《太白楼》云："何时江上无明月，千古人间一谪仙。"《同人自齐山泛舟》云："聊以公余偕旧友，须知兴到即新吾。"皆极浅语，而读之有余味。昔人称陆逊意思深长，信然。芝亭字仲谟，名士范，陕西人，今观察芜湖。其长君汝骧亦能继声继志。《题署中小园》云："风吹花气香归砚，月过松心凉到书。"《将往邳州》云："此去正过桃叶渡，归来不负菊花期。"又《华盖寺》云："曲径松遮洞，岩深寺隐山。"皆清雅可传。

【译文】

近来看见一些作诗的人，爱用拗口晦涩的词语，以为这样做具有古人的风格；喜好用浮华虚美的辞藻，自以为是学富五车，这就是孟子所说的"一生都不能明白真正原因"的人。学士朱竹君在皖江主管学政时，到山中来与我谈论诗学，和我意趣相投。他给我讲述了他为池州太守张芝亭的诗作的序，他说："《诗经》中的诗尤其注重性情。性情有宽厚和浅薄之分，所以诗作也有浅显与深奥的区别。性情浅薄的诗，词句浮华看似深奥却含义肤浅；性情宽厚的诗，词句浅显易懂但含义深刻。"我说道："学士你学识渊博，难得在评估诗学上竟如此清妙。"朱竹君说："我所谈到的，正是区分唐宋两派诗家的依据。"他又背诵了张芝亭的《过望华亭》诗，诗中说："昨夜途经望华亭，没能欣赏九华山的美景。我坐的轿子走得很快，时光飞逝有如风驰电掣。经过而不能亲身前往，事后越发地思念它。""九华山像盛开的荷花沟壑深有万丈，苦于攀登不上，几次暗自沉吟思索。如何才能径直登上东峰小宿，夜晚面对云海清月在凉风习习中弹响瑶琴。"还有，张芝亭在《江行》诗中说："人回归的地方总有狗叫声。江水转弯的时候，岸上的灯火也跟着户户都在移动。"有一首《端阳》说："看见人人都插着辟邪的艾蒿，到处都是人们坐船游戏的情景。"他写了一首《太白楼》诗："到何时江面上才能没有明月，李白是许多年来被贬下凡的神仙。"还有一首《同人自齐山泛舟》写道："等办完事以后，我和过去的老朋友一起坐船，要知道兴致上来时，我们就像换上了新容貌。"这些诗都是用朴实的词语，但意味深长。古时候的人称赞陆逊的诗，的确是这样啊。张芝亭字仲谟，名士范，是陕西人，现担任芜湖观察。他的大儿子汝骧也继承他的诗风并且成了名。他在《题署中小园》中写道："花香被风吹到砚台旁，月亮照在松树上，我读书时感到阵阵凉气。"他写了一首《将往邳州》："去的路上经过桃叶渡，回来不会错过菊花开的时间。"他的《华盖寺》诗写道："蜿蜒的小路上，茂密的松林遮住了洞口，岩边高高的寺庙在群山中若隐若现。"这些诗清新隽永，应流传到后世。

卷十五

一二三、"勾栏"考

今人动称"勾栏"为教坊。《甘泽谣》辨云:"汉有顾成庙,设勾栏以扶老人。非教坊也。"教坊之称,始于明皇,因女伎不可隶太常,故别立教坊。王建《宫词》、李长吉《馆娃歌》,俱用"勾栏"为宫禁华饰。自义山《倡家诗》有"帘轻幕重金勾栏"之词,而"勾栏"遂混入妓家。

【译文】

现在的人动辄称"勾栏"为教坊。《甘泽谣》辨正说:"汉朝有顾成庙,设置勾栏以供老人扶持,并不是教坊。"教坊这个称谓起始于唐明皇时期,因为歌女不能隶属太常管理,因此另外设立教坊。王建《宫词》、李贺《馆娃歌》,都用"勾栏"形容皇宫的华丽装饰。自李商隐《倡家诗》有"帘轻幕重金勾栏"的词,"勾栏"就开始混迹妓院了。

一二四、"八座"考

杜诗有"起居八座太夫人"之句。今遂以八人扛舆者为八座。按宋、齐所云"八座"者:五尚书、二仆射、一令。《唐六典》曰:"后汉以令、仆射、六曹尚书为八座。今以二丞相、六尚书为八座。唐不置令。"考《宋书》《六典》之言,是"八座"者,八省之官,非八人舁之而行之谓也。南齐王融曰:"车前无八驺,何得称丈夫?"是则有类今所称"八座"之说矣。

【译文】

　　杜甫的诗中有"太夫人平常要坐八抬大轿"的句子。现在就把八人抬的轿子称为八座。按：南朝宋、齐所说的"八座"是指：五位尚书、二位仆射、一位尚书令。《唐六典》有："后汉以尚书令、仆射、六部尚书称为八座。现在把二位丞相、六位尚书称为八座。唐代不设置尚书令。"据《宋书》《六典》记载，"八座"是指八省的官职，不是八人抬轿而行的称谓。南齐的王融说："车前若是没有八匹骏马，怎么能称得上是大丈夫？"此处和今天所说的"八座"意思类似。

一二五、"老泉"考

　　"老泉"者，眉山苏氏茔有老人泉，子瞻取以自号。故子由《祭子瞻文》云："老泉之山，归骨其旁。"而今人多指为其父明允之称，盖误于梅都官有《老泉诗》故也。

【译文】

　　"老泉"这个词的来源，是因为眉山苏氏坟地旁有一眼老人泉，苏轼将它用作自己的名号。所以苏辙的《祭子瞻文》中有："老泉之山，归骨其旁。"而现在的人大多以"老泉"作为其父苏洵的名号，大概错误出于梅都官的《老泉诗》的缘故。

一二六、贵在考证

　　诗赋为文人兴到之作，不可为典要。上林不产卢橘，而相如赋有之。甘泉不产玉树，而扬雄赋有之。简文《雁门太守行》而云："日逐康居与月氏。"萧子晖《陇头水》而云："北注黄河，东流白马。"皆非题中所有之地。苏武诗，有"俯看江汉流"之句。其时武在长安，安得有江汉？《尔雅》："山有穴为岫。"谢玄晖诗："窗中列远岫。"徐浩文："孤岫龟形。"皆误指为山峦。刘琨《答卢谌》诗："宣尼悲获麟，西狩涕孔丘。"宣尼即孔丘也。谢朓《秋怀》诗："虽好相如色，不同长卿慢。"长卿即相如也。《康乐》："扬帆采石华，挂席拾海月。""扬帆"即"挂席"也。孟浩然："竹间残照入，池上夕阳微。""夕阳"即"残照"也。使后人为之，必有"关门闭户掩柴扉"之诮矣。杜少陵《寄贾司马》诗："诸生老伏虔。"东汉伏虔并不老。所云伏虔者，伏生也，伏生不名虔。《示獠奴阿奴》云："曾惊陶侃胡奴异。"胡奴，侃之子，非奴仆也。"不闻夏殷兴，中自诛褒妲"，褒、妲是殷周人，与夏无干。

杜诗："乘槎消息近，无处问张骞。"此即世俗所传张骞乘槎事也。然宋之问诗云："还将织女支机石，重访成都卖卜人。"是明用《荆楚岁时记》织女教问严君平事。独不知君平为王莽时人，张骞乃武帝时人，相去远矣！

汪韩门云："《檀弓》：'齐庄公袭杞。杞梁死焉。其妻迎其枢于路而哭之哀。'《孟子》：'杞梁妻善哭其夫，而变国俗。'《左传》但言杞妻辞齐侯之吊，而不言哭。《檀弓》《孟子》虽言哭，未言崩城事也。《说苑立节篇》云：'其妻闻夫亡而哭，城为之。'《列女传》云：'枕其夫之尸于城下，哭十日而城崩。'亦未言长城也。长城筑于齐威王时，去庄公百有余年，而齐之长城，又非秦始皇所筑长城。唐释贯休乃为诗曰：'秦人筑土一万里，杞梁贞妇啼呜呜。'则竟以杞梁为秦时筑城之人，而其妻所哭崩，乃即秦之长城矣。"

俗传梁灏八十登科，有"龙头属老成"七言诗一首。《黄氏日抄》《朝野杂记》俱驳正之，以为灏中状元时，年才二十六耳。余按《宋史》灏本传：雍熙二年举进士，赐进士甲科，解褐，大名府观察推官。景德元年卒，年九十二。雍熙至景德相隔只十余年，而灏寿已九十二，则八十登科之说，未为无因。

【译文】

诗歌辞赋是文人兴致所至而作的，不可以把它们用作典故。上林不出产卢橘，但司马相如的《上林赋》中却说那里有。甘泉不出产玉树，但扬雄的赋中却说那里有。简文帝《雁门太守行》里说："日逐康居与月氏。"萧子晖《陇头水》说的："北注黄河，东流白马。"这两句诗所提到的地名都不属诗题所指的地域。苏武诗有"俯看江汉流"的句子，当时苏武在长安，哪能看到长江汉水？《尔雅》："山有穴为岫。"谢玄晖诗："窗中列远岫。"徐浩文："孤岫龟形。"都错误地把"岫"指为山峦。刘琨《答卢谌》诗中有："宣尼悲获麟，西狩涕孔丘。"宣尼就是孔子。谢朓《秋怀》诗："虽好相如色，不同长卿慢。"长卿就是司马相如。《康乐》："扬帆采石华，挂席拾海月。""扬帆"就是"挂席"。孟浩然："竹间残照入，池上夕阳微。""夕阳"就是"残照"。假使后来的人也这么用，一定会出现"关门闭户掩柴扉"之类的笑话。杜甫《寄贾司马》诗中有："诸生老伏虔。"东汉的伏虔并不老。这里所说的伏虔，是指伏生，但伏生的名字并不是虔。《示獠奴阿段》说："曾惊陶侃胡奴异。"胡奴是陶侃的儿子，而不是他的奴仆。"不闻夏殷兴，中自诛褒妲"，褒、妲是殷周时代的人，与夏没有关系。

杜甫诗："乘槎消息近，无处问张骞。"这就是世俗所传说的张骞乘船的故事。然而宋之问的诗中有："还将织女支机石，重访成都卖卜人。"这里明显引用了《荆楚岁时记》里的织女教人去问严君平的事。殊不知君平是王莽时代的人，张骞是武帝时代的人，二者相距很远！

汪韩门说："《檀弓》记载：'齐庄公出兵攻打杞国，杞梁战死，他的妻子在路边迎接他的灵柩，哭得很悲伤。'《孟子》中说：'杞梁的妻子经常为丈夫的死哭泣，改变了一个国家的风俗。'《左传》中只说杞妻拒绝齐侯前来吊丧，而没有提到好哭。《檀弓》《孟子》虽然说到了哭，但没有言及哭倒城墙的事情。《说苑立节篇》说：'妻子听到丈夫死而大哭，城墙为之塌下。'《列女传》中说：'在城墙下枕着丈夫的尸体，哭了十天，城墙崩塌。'也没有说崩塌的就是长城。长城筑于齐威王时期，离齐庄公还有一百多年，而齐国的长城更不是秦始皇所筑的长城。唐代的和尚贯休为此作诗说：'秦人筑土一万里，杞梁贞妇啼呜呜。'把杞梁当作秦代修筑城墙的人，而把其妻哭倒的城墙当成了秦国时的长城。"

俗传梁灏八十岁考中科举第一名，有"龙头属老成"七言诗一首。《黄氏日抄》《朝野杂记》都反驳这种说法，认为梁灏中状元的时候，年纪才二十六岁。我作的说明：《宋史》中的梁灏本传：雍熙二年科举中进士，被赏赐进士甲科出身，从而脱下了平民百姓的衣服，作了大名府观察推官。景德元年死去，年纪已九十二。从雍熙年到景德年相隔只十多年，而梁灏却有九十二岁高寿，关于他八十登科的说法，不是没有缘由的。

一二七、误传苏小妹

世传苏小妹之说。按《墨庄漫录》云："延安夫人苏氏，有词行世，或以为东坡女弟适柳子玉者所作。"《菊坡丛话》云："老苏之女幼而好学，嫁其母兄程濬之子之才先生。作诗曰：'汝母之兄汝伯舅，求以厥子来结姻。乡人婚嫁重母族，虽我不肯将安云。'"考二书所言，东坡止有二妹：一适柳，一适程也。今俗传为秦少游之妻，误矣！或云："今所传苏小妹之诗句对语，见宋林坤《诚斋杂记》，原属不根之论。犹之世传甘罗为秦相。"按《国策》："甘罗年十二，为少庶子，请张卿相燕。又事吕不韦，以说赵功，封上卿。"并无为秦相之说。然《仪礼疏》亦云："甘罗十二相秦。"则以讹传讹讹久矣。

【译文】

　　社会上流传着苏小妹的传说。按照《墨庄漫录》："延安夫人苏氏，有诗词流传在社会上，有人认为是嫁给柳子玉的苏东坡的妹妹所写。"《菊坡丛话》中说："苏老泉的女儿年龄小但好学，他将她嫁给了她的舅舅程濬的儿子程之才先生。并写了一首诗说：'你母亲的兄长是你的大舅父，请求让你和他的儿子结婚。本乡人在结婚嫁娶时看重母亲的宗族，虽然我不肯把你嫁过去。'"考证以上二书所记载的内容，苏东坡只有两个妹妹：一个嫁给了柳子玉，一个嫁给了程之才。现在流传她是秦少游的夫人，真是大错特错了！有人说："现在所传世的苏小妹的诗句对联，参考宋林坤的《诚斋杂记》，原本是毫无根据的言论。就好比世上所流传的甘罗曾为秦国宰相的故事。"按《国策》上记载："甘罗十二岁进宫担任少庶子之职，邀请张卿到燕国做宰相。后来跟随吕不韦，由于劝说赵国有功，被封为上卿。"但并没有说他被封为秦国宰相。但是《仪礼疏》中也说："甘罗十二岁时在秦国做宰相。"由此可见这种以讹传讹的现象由来已久了。

一二八、言外之意

　　余尝极赏健庵甥《咏落花》云："看它已逐东流去，却又因风倒转来。"或大不服，曰："此孩童能说之话，公何以如此奇赏？"余曰："子不见张燕公争魏元忠事乎？燕公已受二张嘱托矣，因宋璟一言而止。一生名节，从此大定。在甥作诗时，未必果有此意；而读诗者，不可不会心独远也。不然，《诗》称'如切如磋'，与'贫而无谄'何干？《诗》称'巧笑倩兮'，与'绘事后素'何干？而圣人许子夏、子贡'可与言诗'，正谓此也。"

【译文】

　　我曾经极其欣赏外甥健庵的《咏落花》中写的："明明看到它已经随着东去的流水漂去，却又因为风儿的吹拂倒转回来。"有人很不服气，说："这是小孩都能说出的话，你为什么如此欣赏它呢？"我说："你难道没听说张燕公冒死营救魏元忠的故事吗？张燕公已经受到了权贵张易之、张昌宗的嘱托，要他作伪证陷害魏元忠，但因为听到宋璟的一席话而没有这么做。他一生的名誉和贞节，从此就基本定下了。外甥作诗时，不一定果真有这种想法，而读诗的人，不可不心想诗外。不然的话，《诗经》中说的'仔细切磋琢磨'，与'贫困但不巴结别人'有什么关系呢？《诗经》中说的'有酒窝的脸蛋笑得美呀'与'先有白色底子，然后在上面画花'有什么关系？而孔子赞许子夏、子贡'可以与他们论诗'，正是说的这个意思。"

一二九、话说月华

余自幼闻"月华"之说，终未见也。同年王大司农秋瑞梦月华而生，故小字华官。后见平湖陆陆堂先生云："康熙辛酉，八月十四夜，曾见月当正午，轮之西南角，忽吐白光一道。已而红黄绀①碧，约有二十余条，下垂至地，良久结轮三匝，见月不见天矣。"先生赋云："今宵才见月华圆，织女张机也失妍。五色流苏齐着地，三重轮廓欲弥天。"先生名奎勋，掌教桂林，作《礼经解义》，请序于金中丞。中丞命余代作，先生夸不已。中丞以实告之。先生曰："此古文老手，不似少年人所作也。"记先生有句云："檐低丝网蛛常断，沼浅莲房子半空。"先生祖名葇，字义山，当国初鼎革时，马将军兵破平湖，掠其父，将杀之。葇才九岁，伏草中，跳出，抱将军膝，求代。将军爱其貌韶秀，取手扇示之，曰："儿能读扇上诗，即赦汝父。"葇朗诵曰："'收兵四解降王缚，教子三登上将台。'此宋人赠曹武惠王诗也。将军不杀人，即今之武惠王矣。"将军大喜，抱怀中，辟咡②曰："汝能随我去，为我子乎？"曰："将军赦吾父，即吾父也。"遂哭别其父而行。将军之为泪下。已而将军身故，葇得脱归。康熙己未，举鸿博，入词林。圣祖爱其才，一日七迁，从编修、赞善、庶子，授内阁学士。才一年，先生引疾归。又十年，卒。自题华表云："一日七迁千古少，周年致政寸心安。"有病不治，吟曰："无药能延炎帝寿，有人曾哭老聃来。"

【注释】

① 绀：稍微带红的黑色。

② 辟咡（èr）：交谈时侧着头，不使口气触及对方，以示尊敬。咡，口耳之间。

【译文】

　　我从小就听到过有关"月华"的传说，但始终没有见到。我的同年大司农王秋瑞是他母亲梦见月华后出生的，所以小名华官。后来见到平湖的陆陆堂先生说："康熙辛酉年的八月十四日夜晚，曾经看到月亮像正午的太阳，从月亮的西南角突然吐出一道白光。之后是红色黄色绀色绿色的光，大约有二十多条，向下垂到地上，许久之后结成三个光圈，人们只看见月亮，看不见天了。"先生赋诗一首："今晚才得以看到月华的圆润，织女摆出织机也大为失色。五颜六色的流苏整齐地垂落地上，三弧月轮将天都遮盖了。"先生名叫奎勋，在桂林掌管教育，作《礼经解义》，请金中丞作序。中丞让我代作了一个，先生看后称赞不已。中丞把实情告诉了他，他说："这是出自古文老手，不像是少年所作。"先生有这样一句诗："屋檐低矮蜘蛛网常被碰断，池塘浅了莲蓬大半是空的。"先生的祖父名菜，字义山。当开国初期改朝换代之时，马将军兵破平湖，掠走他父亲，正准备要杀。菜才九岁，伏在草丛中，立马跳出来，抱住将军的膝盖，请求代替父亲去死。将军喜爱他长相秀美，将手摇小扇取出给他看，说："你要是能读出扇子上的诗，我就放了你父亲。"菜朗诵道："取胜收兵四次给投降的敌人松绑，教育子女三次登上上将台。'这是宋朝人赠给曹武惠王的诗。将军您不杀人，就是当今的武惠王啊。"将军非常高兴，将他抱入怀中，把嘴贴在他的耳边说："你能随我去，做我的儿子吗？"他回答说："将军赦免了我的父亲，你就是我的父亲了。"于是哭着与父亲告别而去。将军为之泪下。后来将军去世，得以解脱回家。康熙己未年，他被推举为鸿博，进入词林。圣祖喜爱他的才华，一日之内让他升迁了七次，从编修、赞善、庶子，授为内阁学士，才满一年，先生托病引退。又过了十年，他去世了。他自己在华表上题诗："一日升迁七次自古少有，从政一年寸心也安稳。"他曾有病不治，并吟诗道："没有药可以延长炎帝的寿命，有人曾哭着请求太上老君来。"

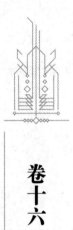

卷十六

一三○、小议唐诗

徐朗斋嵩曰："有数人论诗，争唐、宋为优劣者，几至攘臂。乃援嵩以定其说。嵩乃仰天而叹，良久不言。众问何叹。曰：'吾恨李氏不及姬家耳！倘唐朝亦如周家八百年，则宋、元、明三朝诗，俱号称唐诗，诸公何用争哉？须知：论诗只论工拙，不论朝代。譬如金玉，出于今之土中，不可谓非宝也。败石瓦砾，传自洪荒，不可谓之宝也。'众人闻之，乃闭口散。"余谓：诗称唐，犹称宋之斤、鲁之削也，取其极工者而言，非谓宋外无斤，鲁外无削也。朗斋，癸卯科为主考谢金圃所赏，已定元矣，因三场策不到而罢。谢刊其荐卷，流传京师，故朗斋《咏唐寅画像》云："锦瑟华年廿五春，虎头金粟是前身。虚名丽六流传遍，下第江南第一人。""丽六"者，其场中坐号也。次科亦即登第。

【译文】

徐朗斋（字嵩）说过："有几个人一起探讨诗歌，为唐诗宋诗何优何劣的问题引起争议，几乎到了卷袖动手的地步。他们请我下结论，我就仰天长叹，许久不说话。大家问我为何叹息，我说：'我恨李氏唐朝比不过姬氏周朝啊！倘若唐朝也像周朝一样维持了八百年，那么宋、元、明三朝的诗，都可号称唐诗了，各位先生又何必争论呢？大家应该知道，论诗只论诗的精致与拙劣，不论朝代。譬如金玉，从今天的土壤中被挖出来，不能说不珍贵；破石烂瓦，即使从远古的时候传下来，也不可以称作宝物。'大家听了，都默不作声地走开了。"我认为："诗歌推崇唐朝，就好像推崇宋国的斧、鲁国的刀一样，这是就它们同类中最好的来说的，并不是说宋国之外没有斧，鲁国之外没有刀啊。”徐朗斋被癸卯年科举的主考官谢金圃所赏识，本已定为头名，后因三次策试都没有合格而取消。谢金圃将他的考卷刊登出来，在京师流传，所以朗斋的《咏唐寅画像》中说：“二十五岁时正值青春韶华，前身本为身着虎头官服的高官。我坐在丽六号应考，虚名传遍整个京师。虽然落第但仍不失为江南第一才子。”“丽六”是他在考场中的座号。“次科”也就是考中的意思。

一三一、士大夫记

明季士大夫，学问空疏，见解迂浅，而好名特甚。今所传三大案，惟“移宫”略有关系。然拥护天启，童昏瞀乱[①]，遂致亡国，殊觉无谓。杨慎《大礼》一议，本朝毛西河、程绵庄两先生引经据古，驳之甚详。“梃击”一事，则汉、晋《五行志》中，此类狂人，不一而足。焉有一妄男子，白日持棍，便可打杀一太子之理？蕲州顾黄公诗云：“天伦关至性，张桂未全非。”又曰：“深文论宫阃，习气恼书生。”议论深得大体。黄公与杜茶村齐名，而今人知有茶村不知有黄公。因《白茅堂诗集》贪多，稍近于杂，阅者寥寥。然较《变雅堂集》，已高倍蓰[②]矣。

黄蒙圣祖召见，宠问优渥[③]。以老病乞归，再举鸿词，亦不赴试，有杨铁崖“白衣宣至白衣还”之风。《忆内》云：“静夜停金剪，含情对玉釭[④]。数声风起处，花雨上纱窗。”《观姬人睡》云：“玉腕明香簟，罗帷奈汝何。不知梦何事，微笑启腮窝。”风韵独绝。余尝见小儿睡中，往往启颜而笑，讶其不知缘何事而喜。今读先生诗，方知眼前事，总被才人说过也。

【注释】

① 瞀（mào）乱：混乱，紊乱。

② 蓰（xǐ）：五倍。

③ 优渥（wò）：优厚。

④ 釭（gāng，又读 gōng）：灯。

【译文】

明朝末年的士大夫，学问空疏，见解迂腐浅薄，却特别喜好虚名。当今所流传的三大案，只有"移宫"案与他们稍有关系。然而他们所拥护的天启皇帝，像孩童般昏乱地执政，因此导致了亡国，尤其令人感到无谓。杨慎的《大礼》这一奏议，被本朝的毛西河、程绵庄两位先生引经据典，查证古今，批驳得很是详尽。与"梃击"一事类似的狂妄之徒，在汉、晋的《五行志》中多有记载，但是，哪会有一个狂妄的男子，在白天手持棍棒，就把一位太子打死的情况？蕲州的顾黄公在诗中说："享受天伦之乐原本是人的天性，张桂并非都错了。"他又说："用高深的文字去讨论宫廷之事，这种书生习气很是令人恼火。"这种议论真是恰如其分。顾黄公与杜茶村齐名，然而当今的人只知道有茶村而不知道有黄公。因为《白茅堂诗集》所收诗歌贪图数量，几乎接近于杂乱了，所以阅读的人寥寥无几，然而较之《变雅堂集》，读者已高出五倍。

顾黄公蒙圣祖召见，对他宠爱有加，给予他优厚待遇，后因年老多病告老还乡，再后来被推举为鸿词，他也不赴考，大有杨铁崖以平民百姓的身份召来又以平民百姓的身份回归的风范。《忆内》中说："静夜中停下金剪，含情脉脉地对着玉灯。数阵风声响过，花雨溅上纱窗。"《观姬人睡》中说："雪白的手腕在有清香的竹席上伸出，绫罗帐子不能关住你的风韵。不知你梦见了什么，腮边酒窝露出一丝微笑。"这首诗的风韵绝妙。我曾经看到过睡梦中的婴儿，往往露颜而笑，惊讶他们不知道因何事而高兴。现在读了先生的诗，才知道自己眼前的事，总是被有才气的人说过了。

一三二、著述太多转自累

古人诗集之多，以香山、放翁为最。本朝则未有多如吾乡吴庆伯先生者。所著古今体诗一百三十四卷，他文称是，现藏吴氏瓶花斋。先生乳哺时，哑哑私语，皆建文逊国之事。年过十岁，方闭口不言。初为前朝马文忠公世奇所知，晚为本朝李文襄公之芳所知。康熙戊午，荐鸿词科，不遇而归。少时，在陈公函晖家作诗会，以《芙蓉露下落》为题，操笔立就，赠陈云："一辈少年争跋扈，明公从此愿躬耕。"陈大奇之。惜其集浩如烟海，不能细阅，欲梓而存之，非二千金不可。著述太多，转自累也。

【译文】

古人诗集最多的应该是白居易和陆游，本朝诗集则没有比我的同乡吴庆伯更多的人。他所著的古体诗和近体诗共一百三十四卷，其他的文章著述数量与此相当，现收藏在吴家的瓶花斋中。先生早在吃奶的时候，就牙牙私语，说的都是建文帝退位的事。过了十岁，才闭口不说了。起初他被前朝文忠公马世奇所赏识，后被本朝文襄公李之芳所赏识。康熙戊午年，举荐鸿词科，没有受到器重而回老家。他年少的时候，在陈函晖先生家参加诗会，以《芙蓉露下落》为题，提笔一挥而就，赠陈先生诗："一辈少年争跋扈，明公从此愿躬耕。"陈对其才华很是惊讶。可惜他的诗浩如烟海，不能一一细读，想刻印后保存下来，但非二千金不可。著述太多，反而自受其累。

一三三、焚琴煮鹤

国初说书人柳敬亭、歌者王紫稼，皆见名人歌咏。王以黯昧事，为李御史杖死，有烧琴煮鹤之惨。顾赤方哭之云："昆山腔管三弦鼓，谁唱新翻《赤凤儿》？说着苏州王紫稼，勾栏红粉泪齐垂。"王送公卿出塞，必唱骊歌，听者不忍即上马去；故又云："广柳纷纷出盛京，一声呜咽最伤情。行人怕听《阳关曲》，先拍冰轮上马行。"悼王郎诗，只宜如此，便与题相称。乃龚尚书竟用"坠楼"、"赋鹏"之典，拟人不伦，悖矣！御史名森先，字琳枝，性虽伉直，诗恰清婉。《过云间亭》云："空亭积水松阴乱，小阁张灯夜气清。"卒以忤众罢官。

【译文】

本朝建国初期的说书人柳敬亭、歌唱艺人王紫稼，都被知名的诗人所咏唱。王紫稼因为一些不明不白之事，被李御史命人重杖打死，让人有烧毁心爱的瑶琴、烹煮美丽的仙鹤的惨痛之感。顾赤方写诗为他而哭泣，诗中说："昆山的管弦和鼓声已响起，是谁在重新翻唱《赤凤儿》？说起苏州的歌唱艺人王紫稼，连妓院中的红尘中人全都不禁怆然泪下。"王紫稼在送王公大臣远行塞外时，一定要唱送别的歌，听歌的人都不忍心立即上马远走。因此顾赤方又有诗说："一路柳枝飘拂离开了盛京，那一声呜咽最令人伤怀。行人都害怕听到《阳关曲》，纷纷上马先行远去了。"悼念王紫稼，只有这样比较合适，和诗题相称。但龚尚书在诗中却使用了"坠楼"、"赋鹏"的典故来比拟他，有些不伦不类，真是大错特错！御史名叫李森先，字琳枝，性格虽然耿直而僵硬，写的诗却清丽委婉。他的《过云间亭》诗中说："空旷的小亭中积了一层水，风儿吹乱了松树荫，小阁楼中灯火通明，更显夜晚空气清新。"他后来因为冒犯了众人而被罢官。

一三四、文帝问鬼神

义山讥汉文，召贾生问鬼神，不问苍生，此言是也。然鬼神之理不明，亦是苍生之累。嗣后武帝巫蛊祸起，父子不保，其时无前席①之问故耳。余故反其意题云："不问苍生问鬼神，玉溪生笑汉文君。请看宣室无才子，巫蛊纷纷死万人。"

【注释】

① 前席：移坐向前。《汉书·贾谊传》："上因感鬼神事，而问鬼神之本。谊具道所以然之故。至半夜，文帝前席。"李商隐《贾生》诗："可怜夜半虚前席，不问苍生问鬼神。"

【译文】

李商隐讥讽汉文帝召贾谊询问鬼神占卜之事，却不问天下黎民百姓的疾苦，这话说得对。但如果不明白鬼神的道理，也会给黎民百姓带来灾祸。后来汉武帝时因巫蛊引起祸患，父子两人都没保住，这是因为没有巫蛊可问的缘故罢了。我因此反其意题诗道："不问百姓疾苦反而问鬼神之事，玉溪生嘲笑汉文帝。请看武帝时没有懂得巫蛊的才子，导致万人丧生。"

一三五、注释难为

元遗山惜义山诗无人笺注。渔洋先生亦有"一篇《锦瑟》解人难"之句。近时，冯养吾太史注《玉溪集》，断定以为此悼亡之诗。"思华年"，原拟偕老也。"庄生晓梦"，用鼓盆事。"蓝田日暖"，用吴宫事。皆指夫妇而言。曰"无端"，曰"不忆"者，云从何得此佳妇。曰"惘然"者，早知好物不坚牢。《湘素杂记》以"锦瑟"为令狐家青衣者，非也。又注《漫成》五章，专为李卫公雪冤而作。"代北"二句，为石雄发。"韩公"、"郭令"，推尊德裕也。以史证之，殊为确切。

【译文】

元好问痛惜李商隐的诗没有人注释。渔洋先生也写有"一篇《锦瑟》令注释的人为难"的诗句。最近一段时间，冯养吾太史注释《玉溪集》，断定《锦瑟》是一篇追悼亡人的诗。"联想自己逝去的年华"，原是希望白头偕老。"庄周梦见自己化为蝴蝶"，引用的是庄子鼓盆的典故。"蓝田县温暖的太阳"，引用的是吴国宫中的故事。都是指夫妻之间而说的。说"无端"，说"不忆"，是说从何处得到这样美丽的妻子。说"惘然"，是指早就知道美好的事物不会长久。《湘素杂记》中把"锦瑟"解释成令狐楚家的丫鬟之名，这是不正确的。冯太史还为五章《漫成》作注，认为是专门为李卫公申冤昭雪而写的。诗中"代北"这二句，是从石雄身上引发的。"韩公"、"郭令"，是他对李德裕的推崇尊称。用史实来证实，很是确切。

一三六、转世报恩

孙子未先生尝于其师秀水徐华隐坐中，见一贫客，乃徐年家子也。先生仰体师意，留养家中，待之甚厚。忽谓孙公曰："受恩未报，明年当生公家。"未几卒。公果生女。六岁时，戏抱之谓家人曰："此华隐师客也。说来报恩。乃是女儿，恐报恩之说虚矣。"女勃然曰:"爹憎我女耶?当再生为男。"逾十日,以痘殇。明年,公果举子,顶有痘瘢。名于蓸,字庄天,雍正乙卯举人。有《织锦词》一首,载《山左诗抄》;诗不佳,故不录。

【译文】

孙子未先生曾经在他老师徐华隐的座客中,看到一位贫穷的人,他就是徐年家子。孙先生体会到老师的心意,便把他留养到自己家中,对他很仁厚。有一天,他忽然对孙先生说:"受到您的恩惠未能报答,明年我会降生在您的家中。"没过多久他就死了。后来,孙先生果然得了个女儿。女儿六岁的时候,孙子未先生抱着她玩,对家人说:"这是华隐老师的客人,说是来报恩的,却是女儿,恐怕报恩的说法是假的。"女儿勃然大怒说:"爹爹恨我是女儿吗?我会再转世降生为男儿。"过了十多天,她因得天花而天折。第二年,孙子未先生果然得了个儿子,头顶有天花痘疤痕,取名叫于蓸,字庄天,是雍正乙卯年的举人。作有《织锦词》一首,收录在《山左诗钞》中,诗不好,所以我这里没有抄录。

一三七、惺惺相惜

沭阳吕观察名昌际,字峥亭,出身非科目,而诗似香山,字写东坡,好谈史鉴:真豪杰之士也。乾隆癸亥,余宰沭阳。观察尊人又祥为功曹,有异才,相得甚欢,官至常德太守。其时,观察才四岁。今作冀宁道,养母家居,书来见招。余欣然命驾。则须已斑白,相对怃然。主于其家,园亭轩敞,膳饮甘鲜,致足感也。因赋诗云:"黄河水照白头颅,重到潼阳认故吾。竹马儿童三世换,琴堂书吏一人无。笑非丁令身为鹤,喜是王乔舄化凫。四十六年如顷刻，沧桑何处问麻姑。""此邦赖有吕公贤，肯读淮南《招隐》篇。旧雨不忘云外客，官声久付晋阳烟。萧斋论史灯花落，子舍承欢彩服鲜。我奉慈云三十载，喜君追步到林泉。"一时和者如云。钱接三文学云："百姓讴歌随路有，使君城府一分无。"吴南畇中翰云："胸中武库谁能测，天下名山历尽无？"余因近体易招人和，故草草赋此二章，而别作五古四首，存集中。

峄亭闻余到，以诗迎云："使回捧读五云笺，如获珍珠满百船。引领南天非一日，者番望月月才圆。""膏泽流传五十年，甘棠蔽芾已参天。忽闻召伯重来信，父老儿童喜欲颠。"又和余《留别》云："半月追陪兴正豪，平生饥渴一时消。相逢不敢相思久，忍听骊歌过野桥？""河桥送别满城悲，驻马临风怨落晖。人影却输原上草，江南江北傍征衣。"

【译文】

沭阳的观察使吕昌际，字峄亭，他不是科举出身，但他的诗有些像白居易，字体临摹苏东坡，喜欢谈历史，真是位豪放之士。乾隆癸亥年，我到沭阳任县令。吕昌际的父亲吕又祥为功曹官，身怀奇异的才能。我们委实投机合缘，他后来做官做到了常德太守。那时，吕昌际才四岁，如今却做了冀宁道台，在家侍奉老母亲，写信请我前去做客。我欣然前往，我们都已是须发斑白，一见面都有很多感叹。我住在他的家中，那里园亭宽敞，饭食甘美新鲜，足以让我感激不尽。于是写了一首诗说："黄河水映照着我的苍苍白发，重新来到潼阳与故人相会。骑着竹马玩耍的儿童都已经换了三代人，琴堂中的书童却少了一个人。不是因为丁令化作仙鹤而笑，而是因王乔把鸟变成了鸭子而高兴。四十六年稍纵即逝，到什么地方去向麻姑询问沧海桑田？""这个国家多亏有吕先生这样的贤臣，愿意用心研读淮南子的《招隐》篇。

旧时的雨丝没有忘记云外的仙客，官场上的话语早就随晋阳的烟云飘去了。在简陋的书斋中谈史论书直到油尽灯熄，孝子侍奉老人穿上鲜艳的衣服。我在慈祥的云雾中住了三十年，今天高兴地看到你追随我来到了这林泉之中。"一时之间作诗相和的人很多。文学官钱接三在诗中这样说："沿着大路到处都可以听到讴歌声，使君心胸坦荡连一点城府都没有。"吴南畇中翰在诗中说："胸中的文韬武略没有人能够猜出，天下的名山大川是否已经游历尽？"我因为考虑到近体诗容易招来别人的附和，因此草草写了两首诗，又另外写了四首五言诗，都收存在诗集中。

吕峰亭听说我到了，就写诗相迎说："让我回去捧起五云信笺读读看，就好像得到了满满一百船的珠宝。您引导统领江南文坛已非一日半载，从这里看月亮，月亮才更加圆亮。""佳句在世上流传了五十年，甘棠树高耸入云茂密蔽日。忽然听说召伯又写来信，老人和儿童都高兴得要跳起来。"他又和我的《留别》诗说："追随您半个月，我的兴致正浓，平生对诗文如饥似渴的追求一下子得到了满足。相逢难敌长期的相思苦，又怎能忍心去听别人的歌声从田野中的小桥上传来？""在河中的小桥上送别，满城人都感到悲伤难忍，临着风勒住马儿埋怨落日的余晖。远行的身影在田野中渐渐拉长，大江南北的人民都将要穿起征衣起来作战。"

一三八、收帆须在顺风时

余常谓收帆须在顺风时，急流勇退，是古今佳话。然必须嘿而不言，趁适意之际，毅然引疾，则人不相疑。若时时形诸口角，转觉落套。而上游闻之，以为饱则思飏，翻致挂碍矣。钱竹初擅郑虔三绝之才，抱梁敬叔州郡之叹，屡次书来，欲赋遂初。余寄声规其濡滞。今秋才得解组，余贺以诗。渠答云："海上秋风江上莼，尘颜久已怅迷津。窃公故智裁今日，劝我抽身有几人？世事楸枰留黑白，老杯虀臼杂酸辛。退闲自此陪裙屐，长作田间识字民。""劳生那复计年华，归识吾生本有涯。未定新巢同燕子，早营孤冢付梅花。千秋欲借先生笔，十亩从添处士家。他日并登皇甫《传》，始知真契在烟霞。"

【译文】

　　我常说收帆必须在顺风的时候，急流勇退是流传古今的佳话。然而必须是沉默不语，趁自己得意的时候，毅然称病隐退，这样人们才不会怀疑你。若是动不动就表现在言语中，反而会落入俗套，而且上司们听到后，会以为你养尊处优，想表现自己，这样反而会招致怀疑。钱竹初身怀郑虔那样的三绝之才，却有梁敬叔在州郡中的感叹，屡次在书信中流露想告别官场、恢复当年自由自在的生活的念头。我去信劝他三思而后行。直到今年秋天他才得以脱去官服，我写诗表示祝贺。他作诗相答说："海上的秋风和江上的莼草，尘世中的人们早已渴望指点迷津。多亏先生多年的教诲才使我有了今日，劝我从官场中退出的能有几个人？世上的事就像棋盘黑白分明，人老了心中想着虀臼还有辛酸。辞官归隐从此便陪伴长裙和木屐，永远地做一位识字的田间老农。""操劳的人生哪里能够推算美好的年华，辞官后才清醒地认识到人生是有限的。和燕子一样还没安定新居，早早在梅树下修盖自己的坟冢。想要借先生的笔扬名千秋历史，处士的家中又增添了十亩地。他日同登皇甫氏写的《传》中，才知道人生的真谛蕴藏在烟霞深处。"

一三九、潮州行

久闻广东珠娘之丽。余至广州，诸戚友招饮花船，所见绝无佳者，故有"青唇吹火拖鞋出，难近多如鬼手馨"之句。相传：潮州六篷船人物殊胜，犹未信也。后见毗陵太守李宁圃《程江竹枝词》云："程江几曲接韩江，水腻风微荡小船。为恐晨曦惊晓梦，四围黄篾悄无窗。""江上萧萧暮雨时，家家篷底理哀丝。怪他楚调兼潮调，半唱消魂绝妙词。"读之，方悔潮阳之未到也。太守尤多佳句：《潞河舟行》云："远能招客汀洲树，艳不求名野径花。"《姑苏怀古》云："松柏才封埋剑地，河山已付浣纱人。"皆古人所未有也。又《弋阳苦雨》云："水驿萧骚百感生，维舟野戍听鸡鸣。愁时最怯芭蕉雨，夜夜孤篷作此声。"《珠梅闸竹枝词》云："野花和露上钗头，贫女临风亦识愁。欲向舵楼行复止，似闻夫婿在邻舟。"

【译文】

早就听说广东的珠娘相貌美丽。后来我到了广州，各位亲戚朋友请我在花船中饮酒，所见的姑娘没有一个长得漂亮的，因而作了"嘴唇暗黑的她拖着鞋子走出来，依次把烛光吹灭，虽然香气扑鼻却像鬼一样让我难以接近"的诗句。相传潮州六篷船中的人物特别出众，我一直不相信。后来见毗陵太守李宁圃在《程江竹枝词》中写道："程江水蜿蜒曲折地流入韩江，在水汽清爽的微风轻拂中我们荡起了小舟。为了防止清晨的日光惊扰了我的好梦，放下四周的黄竹帘把船儿围得见不到窗。""傍晚的江上雨水潇潇洒落，渔户们家家的船篷底下都传出婉约的小曲。曲声中兼杂了湖北民歌和潮州民歌的风格，唱出的词曲确实令人销魂。"我读罢这首诗，才后悔没有去潮阳。李宁圃太守的佳句很多，他的《潞河舟行》诗中说："河中小洲上的大树远远地招引着来客，野外小路的小花虽然格外艳美却不求名利。"他在《姑苏怀古》诗中说："埋剑之地的松树刚刚种上，大好河山却已交给了浣纱人。"这些诗都是古人所没写过的。此外，在《弋阳苦雨》诗中他写道："在水中远行，心情落寞忧愁而又百感交集，在荒野中拴好船停泊水上只听得四面野鸟啼叫。人忧愁时最害怕听雨打芭蕉的声音，而每夜独枕孤舟时我都会听到这种雨声。"他在《珠梅闸竹枝词》中说："摘一朵带着晨露的野花插在头上，贫穷的农家女对着拂面的西风也尝到了忧愁的滋味。想要走上舵楼却又停了下来，好像听到夫婿的声音从邻舟中传来。"

随园诗话补遗

补遗卷一

一四〇、诗近取诸身

《诗》始于虞舜，编于孔子。吾儒不奉两圣人之教，而远引佛老，何耶？阮亭好以禅悟比诗，人奉为至论。余驳之曰："《毛诗》三百篇，岂非绝调？不知尔时，禅在何处？佛在何方？"人不能答。因告之曰："诗者，人之性情也。近取诸身而足矣。其言动心，其色夺目，其味适口，其音悦耳，便是佳诗。孔子曰：'不学诗，无以言。'又曰：'诗可以兴。'两句相应。惟其言之工妙，所以能使人感发而兴起；倘直率庸腐之言，能兴者其谁耶？"

【译文】

《诗经》中的诗篇从虞舜时期开始创作，到孔子时编辑成书。我们读书人不遵从两位圣人的教诲，却要从佛老之学中引经据典，这是为什么呢？阮亭喜欢用禅悟与写诗作比较，被人们尊奉为至理名言。我反驳他们说："《毛诗》三百篇，难道不是稀世之作？不知道那个时代，禅在哪里？佛又在哪里？"人们都无言以对。我于是告诉他们说："写诗，表达的是人的性情。从近处的自身中取材就足够了。只要它的语言让人动心，它的意境夺目，它的风格合人口味，它的音韵悦耳，就是好诗。孔子说：'不学习诗，便没有话可说。'又说：'诗可以使人快乐。'这两句话前后呼应。因为诗的语言精妙，所以能够使人有所感触而萌生兴致；倘若是平铺直叙且庸俗迂腐的语言，又能激起

一四一、读书为诗家要事

李玉洲先生曰："凡多读书，为诗家最要事。所以必须胸有万卷者，欲其助我神气耳。其隶事、不隶事，作诗者不自知，读诗者亦不知，方可谓之真诗。若有心矜炫淹博，便落下乘。"

又有人问先生曰："大题目用全力了却，固见力量；倘些小题，亦用长篇，岂不更见才人手段？"先生笑曰："狮子搏兔，必全用力，终是狮子之愚。"

【译文】

李玉洲先生说："大凡多读书，是诗人最为重要的事情。原因是胸中藏有万卷诗书的人，才能增神长气。诗人牵涉到的事和没有牵涉到的事，作诗的人自己不知道，读诗的人也不知道，才可称得上真正的诗。若诗人存心炫耀自己渊博的知识，便会落入下等。"

又有人问李先生说："写作大题目时要用尽全力去完成，因而可以显出诗作者的实力；倘若是些小题目，也写出长篇大论，岂不是更能显出诗人的能力技巧？"李先生笑着说："狮子捕捉兔子时，必定会用尽全力，但这只能说明狮子的愚蠢。"

一四二、作诗与穷经

近日有巨公教人作诗，必须穷经读注疏，然后落笔，诗乃可传。余闻之，笑曰：且勿论建安、大历、开府、参军，其经学何如。

只问"关关雎鸠","采采卷耳",是穷何经、何注疏,得此不朽之作?陶诗独绝千古,而"读书不求甚解"。何不读此疏以解之?梁昭明太子《与湘东王书》云:"夫六典、三礼,所施有地,所用有宜。未闻吟咏情性,反拟《内则》之篇;操笔写志,更摹《酒诰》之作。'迟迟春日',翻学《归藏》:'湛湛江水',竟同《大诰》。"此数言,振聋发聩。想当时必有迂儒曲士,以经学谈诗者,故为此语以晓之。

【译文】

近日有一位大家教人作诗,说是必须要仔细研读各种经书及其注解,然后动笔,这样写出的诗才能得以流传。我听说后,笑着说:姑且不要说建安、大历、开府、参军他们的经学功底如何,只要问他们"关关雎鸠"、"采采卷耳",是读尽了什么经书、什么注解才写出如此不朽的作品?陶渊明的诗名绝千古,但却"读书时不求深刻理解",为什么不读注释而求得理解呢?南朝梁代的昭明太子在《与湘东王书》中说:"古代流传的六典和三礼,它们的施行有特定的场所,所使用的物品要求适宜。没有听说过吟诗抒情,反而要参照《内则》篇中的文字;提笔写诗抒发自己的感想,还要模仿《酒诰》。'迟迟春日'这句诗,反而要从《归藏》中引用;'湛湛江水'竟然和《大诰》中的文字相同。"这几句话,真是唤醒糊涂人啊。想必当时也有迂腐的儒生,用经学谈论诗歌,所以昭明太子用这样的话来提醒他们。

一四三、人各有性情

人问:"杜陵不喜陶诗,欧公不喜杜诗,何耶?"余曰:"人各有性情。陶诗甘,杜诗苦,欧诗多因,杜诗多创,此其所以不合也。

元微之云："'鸟不走，马不飞，不相能，胡相讥？'"

【译文】

　　有人问道："杜甫不喜欢陶渊明的诗，欧阳修不喜欢杜甫的诗，这是什么原因呢？"我说："每个人都有自己的性情。陶渊明的诗甜美自然，杜甫的诗深苦凝重，欧阳修的诗大多因袭前人，杜甫的诗大多为自我独创，这就是他们相互之间不喜欢的原因。元微之说：'鸟不会跑，马不会飞，彼此之间本领不同，又为何要相互讥讽呢？'"

一四四、诗的品味

　　凡菱笋鱼虾，从水中采得，过半个时辰，则色味俱变，其为菱笋鱼虾之形质，依然尚在，而其天则已失矣。谚云："死蛟龙，不若活老鼠。"可悟作诗文之旨。

　　然人莫不饮食也，鲜能知味也。作者难，知者尤难。

【译文】

　　凡是菱角、芦笋、鱼、虾等，从水中采到后，过了半个时辰，颜色和味道都会发生变化，虽然菱角、芦笋、鱼、虾的形状、实质依然没变，但它们的鲜活灵性已经失去了。有谚语说："死去的蛟龙，不如活着的老鼠。"这可以理解为写作诗文的要旨。世上没有不吃不喝的人，然而却很少有人能够品出其中的味道。可见作诗的人的难处，能够领悟诗的就更难找到了。

补遗卷二

一四五、不刻意求名

钱辛楣少詹序冯畹庐之诗曰:"古之君子,以诗名者,大都自抒所得,而非有意于求名,故一篇一句,传诵于士大夫之口。后人荟萃成书,而集始名焉。南齐张融自题其集,有'玉海金波'之名。五代和凝镂集行世,人多笑之。近世士人,未窥六甲,便制五言。又多求名公为之标榜,遂梓集送人。宜于诗学入之不深,而可传者少。"

【译文】

钱辛楣(字少詹)为冯畹庐的诗作序说:"古代的君子们,因为诗而扬名的,大都是用诗抒发自己的感受,而不是有意去求取名声。因此他们的每一首诗、每一句诗,都被士大夫所传诵。后人将这些诗汇集成书,于是有了'集'这个名称。南齐的张融在自己的诗集上题字,有'玉海金波'的美名。五代时的和凝把自己的诗集刻印传播,受到许多嘲笑。近代的士人,对于天干地支六甲之学还没学好,就写起了五言诗。还有不少人去请名家为他们题词标榜,然后刻印成集送人。由于他们对诗学研究不深,所以可以流传于世的佳作很少。"

一四六、义犬四儿

纪晓岚先生在乌鲁木齐数年，辛卯赐环东归。畜一黑犬，名曰"四儿"，恋恋随行，挥之不去，竟同至京师。途中，守行箧甚严，非主人至前，虽僮仆不能取一物。一日，过七达坂，车四辆，半在岭北，半在岭南，日已曛黑，不能全度。犬乃独卧岭巅，左右望而护视之。先生为赋诗曰："归路无烦汝寄书，风餐露宿且随予。夜深奴子酣眠后，为守东行数辆车。""空山日日忍饥行，冰雪崎岖百廿程。我已无官何所恋，可怜汝亦太痴生！"后被人毒死，先生为冢祀之，题曰"义犬四儿之墓"。

【译文】

纪晓岚先生在乌鲁木齐被放逐过几年，辛卯年皇上赦召他东归内地。他养的一条名叫"四儿"的黑狗，依依不舍地跟随着他，赶也赶不走，竟然一同回到京城。在途中，它看守行李可谓严防死守，不是主人来到跟前，即使是僮仆也不能取走一件物品。一天，路过七达坂，总共四辆车，一半在山岭北面，一半在山岭南面，眼看天色已暗下来，无法全部越过山岭。四儿于是独自卧于山岭之巅，左右眺望守护着车队行李。纪先生为它赋诗道："归途中没有劳烦你为我传送书信，风餐露宿你一直跟随着我。夜深了奴仆们已酣睡后，你为我看守东归的几辆车。""每天忍着饥饿在空山中行走，踏着冰雪在崎岖的山路上行走一二百里。我已没有了官职，你对我还有什么依恋，可怜你也太痴情了！"后来四儿被人毒死了，纪先生为它立墓祭奠，在墓碑上题写着"义犬四儿之墓"。

一四七、诗贵近人情

考据之学，离诗最远。然诗中恰有考据题目，如《石鼓歌》《铁券行》之类，不得不徵文考典，以侈侈隆富为贵。但须一气呵成，有议论、波澜方妙，不可铢积寸累，徒作算博士也。其诗大概用七古方称，亦必置之于各卷中诸诗之后，以备一格。若放在卷首，以撑门面，则是张屏风、床榻于仪门之外，有贫儿骤富光景，转觉陋矣。圣人编诗，先《国风》而后《雅》《颂》，何也？以《国风》近性情故也。余编诗三十二卷，以七言绝冠首，盖亦衣锦尚䌹①，恶此而逃之之意。

【注释】

① 䌹（jiǒng）：罩在外面的单衣。

【译文】

考据学和诗相距最远，但诗中偏巧有许多与考据有关的题目，如《石鼓歌》《铁券行》之类的诗，不得不征引文献考据典故，并以旁征博引为贵。但作诗必须一气呵成，有议论和起伏才算好，不可以一点点地堆积，否则只能算得上是一名知识广博之人。这种诗大概要用七言古诗才比较适宜，但也必须要放置在各本书中的各首诗之后，以备推究查寻。若是放在开头，用来支撑门面，那是把屏风、床榻放在仪门的外面，大有穷人突然发财的样子，反而显得浅陋无知。孔夫子编辑《诗经》，把《国风》放在前面，然后才是《雅》《颂》，这是因何呢？是因为《国风》更接近人的本性。我编了三十二卷的诗文，把七言绝句放在卷首，也是因为衣服虽华却单，讨厌它而想避开它的原因。

有人以某巨公之诗，求选入《诗话》。余览之倦而思卧，因告之曰："诗甚清老，颇有工夫，然而非之无可非也，刺之无可刺也，选之无可选也，摘之无可摘也。孙兴公笑曹光禄：'辅佐文如白地明光锦，裁为负版袴，非无文采，绝少剪裁'是也。"或曰："其题皆壮语故耳。"余曰："不然。笔性灵，则为忠孝节义，俱有生气；笔性笨，虽咏闺房儿女，亦少风情。"

【译文】

有人拿来某位显要人物的诗，求我将它选入《诗话》。我看着看着不觉感到疲倦，于是告诉他说："这首诗写得很清老，有一定的功力，然而想指出其缺点又没有值得指出的，想讽刺又没有值得讽刺的，想选录又没有值得选录的，想摘录又没值得摘录的。孙兴公笑曹光禄说：'写的公文像铺在白地上明艳闪光的锦缎，可若用它的反面来裁剪裤子，不是没有文采，而是没有什么可剪裁的。'这句话正是说的这个意思。"有人说："诗题很大，诗句当然如此。"我说："不是这样的。若文笔灵活，就算写的是忠孝节义也有生气；若文笔笨拙，即使写闺房儿女之情，也很少有风情。"

补遗卷三

一四八、今之论诗三病

孔子论诗，但云："兴、观、群、怨。"又云："温柔敦厚。"足矣。孟子论诗，但云："以意逆志。"又云："言近而旨远。"足矣。不料今之诗流，有三病焉：其一填书塞典，满纸死气，自矜淹博。其一全无蕴藉，矢口而道，自夸真率。近又有讲声调而圈平点仄以为谱者，戒蜂腰、鹤膝、叠韵、双声以为严者，栩栩然矜独得之秘。不知少陵所谓："老去渐于诗律细。"其何以谓之律？何以谓之细？少陵不言。元微之云："欲得人人服，须教面面全。"其作何全法，微之亦不言。盖诗境甚宽，诗情甚活，总在乎好学深思，心知其意，以不失孔、孟论诗之旨而已。必欲繁其例，狭其径，苛其条规，桎梏其性灵，使无生人之乐，不已傎^①乎？唐齐己有《风骚旨格》，宋吴潜溪有《诗眼》：皆非大家真知诗者。

【注释】

① 傎（diān）：颠倒错乱。

【译文】

孔子评论诗歌，只说"诗可以兴，可以观，可以群，可以怨"。又说"诗要温柔敦厚"。这就足够了。孟子评论诗歌，只说："要以诗意表达志向。"又说："诗的语言很浅显但意旨深远。"这就足够了。不料当今诗歌的流派，有三种毛病：一种是大量引用典故，满纸都是死气沉沉的文字，夸耀自己博学。一种是没有一点内涵，开口就说，夸耀自己率真。最近又有讲求声调和平仄的人，有严禁蜂腰、鹤膝、叠韵、双声的人，一副活泼欢畅的样子，好像只有自己掌握了其中的奥秘。不懂得杜甫所说的："人老了写诗的格律渐渐趋于细致。"什么称之为律？怎样称之为细？杜甫没有说。元微之说："想要每个人都信服，一定要做到面面俱全。"怎样才能达到全，元微之没有说。大概是诗的境界很宽，诗的感情很活，如果总是注意勤奋好学深思熟虑，内心知道其中的深意，就不会离开孔子、孟子评论诗歌的宗旨。一定要将写诗的规程弄得繁杂，途径弄得狭窄，条规弄得苛刻，就会使诗的性灵受到约束，使它没有了活人的快乐，这不就是颠倒错乱了吗？唐朝时齐己有《风骚旨格》，宋吴时潜溪有《诗眼》的提法，这些都和如今所谓的大家对诗的理解不同。

一四九、诗之刚柔

诗家百体，严沧浪《诗话》，罗列最详，谓东坡、山谷诗，如子路见夫子，终有行行①之气。此语解颐②，即我规蒋心余能刚不能柔之说也。然李、杜、韩、苏四大家，惟李、杜刚柔参半，韩、苏纯刚，白香山则纯乎柔矣。

【注释】
① 行行：不停地前行。
② 解颐：开颜欢笑。

【译文】
诗的派别有上百种，在严羽的《沧浪诗话》中，罗列得最详尽，说苏东坡、白居易的诗，像子路见了孔子，始终有不停地前行的气势。这话让人开怀大笑。这里所说的实际上与我劝说蒋心余时所说的能刚不能柔的说法一致。然而李白、杜甫、韩愈、苏东坡四大家，只有李白、杜甫的诗风刚柔各占一半，韩愈、苏东坡的诗风中只有刚的一面，白居易的诗风中却全部都是柔的一面。

一五〇、才高不狂

人常言："某才高，可惜太狂。"余道："非也。从古高才，有过颜子与孔明者乎？然而颜子则有若无，实若虚矣。孔明则勤求启诲，孜孜不倦矣。"曾赠德厚庵云："不数袁羊与范汪，更从何处放真长。骥虽力好终须德，人果才高断不狂。"又有人言："某天分高，可惜不读书。某精明，可惜太刻。"余又道："非也。天分果高，必知书中滋味，自然笃嗜。精明者，知其事之彻始彻终，当可而止，必不过于搜求；搜求太苦，必致自累其身。"故常云："不读书，便是低天分；行刻薄，真乃大糊涂。"

【译文】

人们常说："某人才学很高，可惜太张狂了。"我说："这种说法不对。从古至今才学高的人，有超过颜回和诸葛亮的吗？然而颜回看起来似乎没有才能，实际上是大智若愚。诸葛亮却勤奋好学，以求得启发和教诲，到了孜孜不倦的境地了。"我曾经赠诗给德厚庵道："要是不算袁羊与范汪，那么又到哪里去寻找真正得道的道长呢。良马虽然腿功好，但终究要具备好的品德才行；人果真才气高就一定不会狂妄。"又有人说："某某天分很高，只可惜不怎么读书。某某十分精明，只可惜太刻薄。"我又说："这种说法不对。天分果真很高的人，一定知晓书中的滋味，自然而然会特别喜欢读书。头脑精明的人，懂得事情的来龙去脉，一定会适可而止，一定不会过分苛求，苛求过了头，一定会导致自己疲惫不堪，不能自拔。"所以常言道："不读书，就表明他天分低；行为刁钻刻薄，就表明他是一个糊涂虫。"

一五一、意为主来词为奴

浦柳愚山长云："诗生于心，而成于手；然以心运手则可，以手代心则不可。今之描诗者；东拉西扯，左支右梧^①，都从故纸堆来，不从性情流出，是以手代心也。"吴西林处士云："诗以意为主人，以词以奴婢。若意少词多，便是主弱奴强，呼唤不动矣。"二说皆妙。

【注释】

① 梧：同"吾"。

【译文】

浦柳愚山长说："诗产生于内心，由手写成；然而用心来指挥手可以，用手来代替心则不行。当今写诗的人，东扯西拉，左支右吾，都从故纸堆中抄来，不是发自内心，这是用手来代替心啊。"吴西林处士说："诗歌以意境为主人，以词句为奴婢。如果意境少而词句多，就是主人懦弱而奴婢强悍，就会指挥不动了。"这两人的说法都很好。

一五二、强词夺理

蔡侍郎观澜守江宁时，私宰之禁甚严。余不以为然。一日，余在府署，蔡公坐堂收呈，有回民之黠者，具呈请释牛犯。其状首云："为恩足以及禽兽，而功不至于百姓事。"蔡遣家人谓余曰："君原劝我贵人贱畜，今果惹回民之嗔。然其状词，文理甚佳，须君替我强词夺理。"余书五绝于纸尾云："太守非牛爱，心原爱老农。耕牛耕满野，百姓岂无功？"黠回无词而退。太守牛禁，亦因之稍宽。

【译文】

蔡观澜侍郎任江宁太守时，严厉禁止私自宰杀耕牛。我颇不以为然。一天我在江宁府衙，蔡侍郎收拾上呈的状纸，其中有个聪明的回民，递状子请求释放私自杀牛的罪犯。那状纸开头写道："仁义施于畜生身上，但于老百姓却没有功德。"蔡侍郎派家人对我说："你原来劝我珍重人而别太看重牲畜，我不听，现在果然惹得回民生气。然而他们的状词，文理很好，必须请你替我强词夺理一下。"我在那张状纸的后面写了一首五绝说："太守不是爱牛，内心原本爱民。耕牛满山遍野耕种，于百姓怎么没有功德？"那人无话可说，只好告退。蔡太守严禁私杀耕牛的律令也稍稍宽松了些。

补遗卷六

一五三、随园先生文章魅力

余在山阴，徐小汀秀才交十五金买《全集》三部。余归，如数寄之。未几，信来，说信面改"三"作"二"，有攊补痕，方知寄书人窃去一部矣。林远峰云："新建吴某夜被盗，七人明火执仗，捆缚事主，甚闹。最后有美少年，盛服而至，翻撷架上，见宋板《文选》《小仓山房诗集》各一部，笑曰：'此富儿能读随园先生文，颇不俗，可释之。'手两书而去。"余按唐人载李涉遇盗一事，仿佛似之。至于窃书者，则又古人所无。方藕舡明府云：高丽进士李承熏、孝廉李喜明、秀才洪大荣等，俱在都中购《随园集》，问余起居、年齿甚殷。嘻，余愧矣！

【译文】

我住在山阴的时候，秀才徐小汀交了十五两银子要买我的三部《全集》，我回来之后就如数寄给他。没过几天，他给我写了一封回信，信中说我的信封上的"三"字被人改成了"二"字，而且还有修补的痕迹，我才知道是寄书人偷去了我的一部《全集》。林远峰曾经说过："某天晚上，新建吴某家发生了盗窃案，七个强盗在火把的照耀下，手持棍棒，将主人捆绑起来，响声很大。一会儿，有一个俊美的少年，穿着绚丽的衣服款款而至，他在架上搜寻，得到一部宋板《文选》和《小仓山房诗集》。这个少年笑着说：'这个富人还能读随园先生的文章，非同寻常，可以放了他。'于是，少年拿着两部书大摇大摆地走了。"
我觉得唐朝人记载的李涉遭遇窃贼的故事和这件事情很类似。而偷书
者这种人，就是古人也从未有过。方耦舡明府说：朝鲜进士李承熏、
孝廉李喜明和秀才洪大荣等人，都在京都购买了《随园集》，还殷切
地关注着我的生活和年龄。哈，我真觉得有些惭愧！

一五四、京师三怪

雍正间，孙文定公作总宪，李元直作御史，陈法作部郎，三
人巍巍自立，以古贤相期，京师号曰"三怪"。余出孙公门下，
采其行略，为作神道碑。后与李公子宪乔交好，为撰墓志。惟陈
公观察淮扬时，余宰沭阳，隶其属下，亲承风采，平易可亲。及
河帅白公被罪，公独以一疏保之，致革职戍边。信异人哉！仅记
其《卧病诗》云："高卧新秋及暮秋，酒场文社废交游。萧疏鬓
发愁潘令，清瘦形骸笑隐侯。尽日闲书留枕畔，经时残药贮床头。
世情肯信吾真懒，奈是维摩疾未瘳。"公字世垂，贵州人，癸巳进士。

【译文】

雍正年间，孙文定公任总宪，李元直任御史，陈法任部郎，三人
都傲世独立不同凡响，以古代贤人为榜样，在京师被称为"三怪"。
我是孙公的门下，根据他的事迹，为他撰写了碑文。后来我和李宪乔
公子成为好朋友，得以为李公撰写墓志铭。陈公做淮扬观察时，我在
沭阳做官，隶属于他的麾下，亲见了他的风采，他非常平易近人。等
到白公河帅被问罪，唯独陈公进谏作保，以至于被撤职充军边关。他
确实不同于常人！我仅记录了他的《卧病诗》："躺在床上一直从初

秋到深秋，酒场文社和交游都无从顾及。鬓发苍苍使潘令为之发愁，清瘦的身体受到隐侯的耻笑。这些天拿几本闲书放在枕旁，经常有吃剩的药存放在床头。常人更愿意相信我很懒惰，其实是维摩之类的大病未愈。"陈公字世垂，贵州人，是癸巳年的进士。

补遗卷八

一五五、云凤致歉

余饮孙云凤家，饭米粗粝，而价甚昂，知为家奴所给。归寓，适有送白粲者，以一斛贻之。云凤不受，札云："来意已悉。"盖疑老人以米傲之也。余殊觉扫兴，即题其札尾云："一囊脱粟远相贻，此意分明粟也知。底事坚辞违长者，闺中竟有女原思。"云凤悔之，寄《贺新凉》一词以自讼云："傍晚书来速，道原思抗违夫子，公然辞粟。已负先生周急意，敢又书中相渎^①。况贽礼未修一束^②。我是门墙迂弟子，觉囊中所赐非常禄，不敢受，劳往复。寸笺自悔匆匆肃，或其间措辞下笔，思之未熟。本借湖山供笑傲，何意翻多怒触？披读处，难胜踖踧^③。无赖是毫端，今以前愆，仍付毫端赎。容与否？望批覆！"

【注释】

① 渎：轻慢，亵渎。

② 贽：礼物。修：通"羞"，进献。

③ 踖踧（jí cù）：恭敬而局促不安的样子。

【译文】

我在孙云凤家喝酒，他家虽是粗茶淡饭，价钱却十分昂贵，我知道他是被家奴所骗。回到住处，正好有人送来白米，我便送给他一斛。云凤不要，写信说："你的来意我已明白。"大概是认为我这老头子因为有米而自傲。我很不高兴，随即在信尾题道："一囊脱壳的米是别人大老远送来的，我的用意就连粟米也知道。你这样拒绝违背了我这老人的情意，闺中竟然会有女原思。"云凤很后悔，寄来《贺新凉》词一首以责备自己："傍晚信来得十分快，信中说原思违背了您的心意，公开地不要粟米，已经辜负了您的周济的心意，又斗胆写信相轻慢。况且没有为您进献过一份礼物。我是您迂愚的弟子，觉得囊中所赐不是一般的俸禄，就不敢接受，劳驾您来回奔忙。写短信是为了悔过，也许此间的用语还考虑不成熟。本想借湖山供您笑傲，又怎料到反而触怒您？您所读的信，难以表达我的悔意。尽管是小错，今天因为以前的过失，仍要写信赎罪。能否原谅，请批复。"

一五六、"多"字妙用

祝芷塘《咏药》云："尝遍苦甘千百味，活人常少杀人多。"赵云松《憎蚊》云："一蚊便搅人终夕，宵小由来不在多。"程荆南《席上》云："名士庖厨官气少，山人冠履古风多。"吴兰雪见赠云："三朝白发题襟遍，一代红妆立雪①多。"四用"多"字，俱妙。余《春日园中》亦有句云："晴日不愁游女少，美人终竟大家多。"

【注释】

① 立雪：《宋史·杨时传》：杨时和游酢往见其师程颐，颐闭目而坐，二人侍立不去，待颐发觉，门外已雪深一尺。后遂以"立雪"表示尊师重道，求学心切。

【译文】

　　祝芷塘在《咏药》中写道："尝遍了酸甜苦辣千百种味道，使人能活下去的很少而伤人的很多。"赵云松《憎蚊》诗中写道："一只蚊子就搅得人整夜无法安睡，低下的小人不因为多才扰人。"程荆南在《席上》中说："由名士做出来的饭菜很少有宫廷的气息，山里人戴帽穿鞋自古就风俗多。"吴兰雪的赠诗上写道："三朝老人的题词到处都是，巾帼之中也有许多求学心切的。"四首诗都用"多"字，都用得很妙。我的《春日园中》也有这样的句子："晴天不要担心出来游玩的女子少，美人终究要比普通人多。"

补遗卷九

一五七、和八十自寿诗

和余《八十自寿》诗者多矣，余最爱程望川（宗洛）押"愁"字韵云："百事早为他日计，一生常看别人愁。"和"朝"字韵云："八千里外常扶杖，五十年来不上朝。"将"杖"、"朝"二字拆开一用，便成妙谛。

【译文】

写诗应和我的《八十自寿》诗的人有很多，但我最喜爱程望川（名宗洛）押"愁"字韵所写的一首诗，诗中写道："诸事早已为日后设计好了，一生之中常常看别人发愁。"以及押"朝"字韵的一首诗，写道："常挂着拐杖漫游于八千里之外，五十年来辞官归隐再也不上朝。"把"杖"、"朝"两个字拆开来用，便构成了一个妙谛。

一五八、投随园诗

昆圃外孙访戚于吴江之梨里镇，有闻其自随园来者，一时欣欣相告，争投以诗，属其带归，采入《诗话》。佳句如邱笔峰《野泛》云："棹惊归浦鸭，犬吠过桥僧。"沈云巢《杨花》云："夜月不知来去影，征衫偏点别离人。"屠荻庄《醒庵分韵》云："老衲一龛依古佛，斜阳半壁恋诗人。"汝阶玉《即事》云："寒忆衣裘春日典，贫愁薪米闰年添。"

【译文】

我的外孙昆圃在吴江梨里镇走亲戚时，有人听说他是从随园来的，一时高兴得相互转告，竞相献上诗作，嘱托他带回来，希望能编入《诗话》中。其中的佳句有邱笔峰的《野泛》诗："荡桨惊起回归水边的野鸭，狗冲着过桥的僧人狂吠不止。"沈云巢在《杨花》诗中说："不知道夜晚月亮来去的踪影，杨花偏偏沾上离别人的征衣。"屠荻庄在《醒庵分韵》诗中说："神龛旁的老衲皈依古佛，半壁的斜阳眷恋着诗人。"汝阶玉在《即事》诗中说："寒冷使我想起春日典卖的衣裘，贫穷让我为闰年所增添的柴米而发愁。"

补遗卷十

一五九、荒唐亦可爱

诗不能作甘言，便做辣语、荒唐语，亦复可爱。国初阎某有句云："杀我安知非赏鉴，因人决不是英雄。"《咏汉高》云："能通关内风云气，不讳山东酒色名。""英雄本不羞贫贱，歌舞何曾损帝王。"可以谓之辣矣。或赠道士云："炼成云母堪炊饭，收得雷公当吏兵。"或《自述》云："我向大罗看世界，世界不过手掌大。当时只为上升忙，不及提向瀛洲卖。"可以谓之荒唐矣。

【译文】

诗不能表达甘甜的意味，便可以作辛辣、荒唐的意味表达，也显得可爱。开国之初，有位阎某写诗说："杀我又怎知不是欣赏我？依赖别人绝不是英雄好汉。"《咏汉高》里有："能够贯通关内那风起云涌的气势，不避讳在山东时饮酒好色的声名。""英雄本来不应该以过去的贫贱为羞，唱歌跳舞又何曾会损害帝王的英名？"这些诗可以称得上辛辣。有人赠诗给道士说："炼成云母仙丹真可以用来生火做饭，把雷公收服当作小兵使唤。"有《自述》诗写道："我面对大罗看这个世界，世界也不过手掌大小。当时只忙着向上界飞升，来不及把它拿到瀛洲去卖。"这可以称作是荒唐之语。

一六○、即席赋诗

乙卯春，余在扬州，巡漕谢香泉侍御移尊寓所，有梦楼侍讲、香岩秀才、歌者计赋琴。门下士刘熙即席云："谢公清兴轶云霄，宾馆移尊慰寂寥。地足骋怀宁厌小，客仍是主不须招。无边烟景刚三月，盖世才人聚一宵。定有德星占太史，千秋高会续红桥。""一枝玉树冠群芳，入座题襟兴倍长。从古佳人是男子（见《东汉书》），于今问字有歌郎（计郎学诗于随园）。酒倾长夜真如海，灯照名花别有光。细数平生游宴处，几回似此最难忘。"

【译文】

乙卯年春天，我在扬州，巡漕侍御谢香泉来到我的寓所请客，聚会的人有梦楼侍讲、秀才香岩和唱戏的伶人计赋琴。谢公门下士人刘熙即席作诗道："谢公的清情雅兴直冲云霄，宾馆请客打发寂寥。地方足可以驰骋不要嫌它小，客人就是主人不须人招呼。三月扬州无边的烟花美景刚刚开始，盖世的才士欢聚良宵。一定有文德星为太史所占，真是千年的盛会续写红桥佳话。""一枝玉树使群芳失色，入座在衣襟题诗使酒兴更浓。从古代以来佳人就是男子（参见《东汉书》），至于今天求字问诗的还有歌唱之人（计郎正跟随园老人学诗）。长夜漫漫酒如海，灯光名花两相映。回首平生游宴的地点，有几回能像今夜最难忘。"